CONTE *verlag*

Lilo Beil

MORD AUF VIER PFOTEN

22 tierische Krimigeschichten

CONTE *krimi*

*Für die Katzen Dicke und Lakritze, das Katerchen
Heinz und die Hunde Bimbo, Elvis und Lennie.*

Bibliografische Information der Deutschen Nationalbibliothek
Die Deutsche Nationalbibliothek verzeichnet diese Publikation in der
Deutschen Nationalbibliografie; detaillierte bibliografische
Daten sind im Internet über http://dnb.d-nb.de abrufbar.

ISBN 978-3-941657-88-5

© Lilo Beil
© Conte Verlag GmbH, 2013
Am Rech 14
66386 St. Ingbert
Tel: (0 68 94) 1 66 41 63
Fax: (0 68 94) 1 66 41 64
E-Mail: info@conte-verlag.de
Verlagsinformationen im Internet unter www.conte-verlag.de

Umschlag und Satz: Markus Dawo
Druck und Bindung: Faber, Mandelbachtal

Four legs good.
Two legs bad.

George Orwell: *Animal Farm*

Inhalt

Gustav am Fenster

Eine Hommage an Alfred Hitchcock

Gestatten Sie, meine Damen und Herren, dass ich mich Ihnen vorstelle: Mein Name ist Gustav. Gustav Mahler. Aber Sie können mich schlicht und einfach Gustav nennen. Ich bin beinahe achtzehn Jahre alt und liege fast immer an meinem gemütlichen Plätzchen am Fenster. Am Fenster zum Hof.

Wenn man so ein alter Kater ist, gibt es kein besseres Plätzchen als ein breites Fensterbrett, mit knuddeligen, weichen Kissen gepolstert. Und die Aussicht ist einfach berauschend und nie langweilig, vor allem, wenn man ein Opernglas zur Verfügung hat, mit dem man die Bäume jenseits des Hofs und sogar die Berge in der Ferne besehen kann. Und die Leute, die Bewohner des gegenüberliegenden Hauses, die Passanten, die Besucher, die Bummler und die Eiligen, die Freundlichen und die Unsympathischen, die Glücklichen und die Traurigen.

Beides, das Opernglas und meinen für einen Kater etwas ungewöhnlichen Namen, muss ich Ihnen nun wohl erklären, meine Damen und Herren. Gustav Mahler hat mich mein Herrchen genannt, weil er früher als berühmter Bariton durch die Welt zog. Einer der berühmtesten Mahler-Interpreten war er in seinen guten Tagen, und ich als sein Kater und Maskottchen begleitete ihn auf seinen Tourneen durch die ganze Welt, von Tokio bis Wien, von St. Petersburg bis Melbourne, von New

York bis Kairo. Alle großen Opernhäuser und Konzertsäle der Welt bereisten wir. Ich fehlte auf keinem Starfoto.

Peter Vandenburg, mein Herrchen, brillierte nicht nur als Interpret von Mahlers Liedern, sondern auch in den großen Rollen der Opern von Richard Strauß.

Er sang Barak, den Färber, aus der Oper *Die Frau ohne Schatten*, den Rittmeister Waldner aus *Arabella*, den Baron Ochs auf Lerchenau aus dem *Rosenkavalier*, den Jochanaan aus *Salomé*. Blutrünstig, letztere Oper, und Jochanaan verliert im Lauf der Handlung den Kopf, wie man weiß. Aber ich verliere mich in Erinnerungen, wie das so ist bei alten Menschen und alten Katern. Methusalem sollte ich heißen, denn wenn ich mich im Spiegel betrachte, was immer seltener geschieht, erschrecke ich über den Anblick meines struppigen Fells, einst prachtvoll und seidig glänzend. Dahin die Jugendblüte, dahin schon lange meine besten Jahre. *Sic transit gloria mundi*.

Nachdenklich bin ich geworden, was an der schwermütigen Musik von Gustav Mahler und Richard Strauß liegen mag, mit der ich ein Leben lang berieselt wurde. Auch mein liebes Herrchen, Peter Vandenburg, ist mit den Jahren melancholisch geworden, und nun, da seine Karriere zu Ende ist, nun, da er im reiferen Alter seine Stimme fast verloren hat, verbringt er seine Tage damit, den Schallplatten und CDs zu lauschen, die seinen göttlichen Bariton der Nachwelt erhalten haben. Peter hat damit begonnen, seine Memoiren zu schreiben, und seitdem ist er heiterer, ausgeglichener, hoffnungsfroher.

Ich vergnügte mich, wie bereits erwähnt, am Fenster zum Hof und hielt Ausschau.

Ausschau wonach? Ein vages Gefühl sagte mir, es würde bald etwas Ungewöhnliches passieren, ein Ereignis der besonderen Art würde mich aus der Eintönigkeit meines Daseins als alternder, nutzloser Kater eines von der Welt vergessenen Künstlers reißen.

Und ich irrte mich nicht. Ich wartete und wartete, hielt Ausschau nach etwas Undefinierbarem, und ich wurde nicht enttäuscht.

Im Haus gegenüber, einem Mietshaus, wohnen mehrere Parteien, wie man so sagt, meist einzelne Personen: drei Studenten, zwei ältere Damen, aber auch ein Ehepaar und eine Familie mit einem kleinen Kind.

In meinen gesünderen Tagen, als ich noch nächtens auf Brautschau ging und auf den Dächern und Balkonen herumschlich, in der Hoffnung, eine attraktive Katzendame zu verführen, kam ich gelegentlich in Konflikt mit den Bewohnern des Nachbarhauses. Nicht mit den Studenten, nicht mit den alten Damen, die mir immer ein Schälchen mit etwas Besonderem hinstellten, nicht mit der kleinen Familie. Das Ehepaar war es, das man als Katzenhasser bezeichnen konnte. Besonders der Mann war, wie es schien, von einer ausgesprochen ausgeprägten Katzenphobie besessen. Er lauerte mir auf und versuchte, mich zu erschrecken. Einmal warf er mit einem Küchenmesser nach mir. Er war gerade beim Kartoffelschälen, als ich auf dem Gesims vor seinem Balkon balancierte, harmlos und nach Katzenart niemand schadend.

Ein dicker, stiernackiger Mensch war er, seine Frau das pure Gegenteil, ein zierliches Persönchen, schlank wie eine Elfe, hübsch zum Verlieben. Dennoch schien auch sie mich nicht zu mögen, denn sie klatschte laut in die Hände, um mich zu verscheuchen, wenn immer ich in der Nähe auftauchte. Dabei schaute sie böse drein. Das Problem, mit diesem Ehepaar in Konflikte zu geraten, erledigte sich von selbst, je älter, behäbiger und gebrechlicher ich wurde. Nun beäugte ich meine beiden Feinde durch mein Opernglas, und schon seit längerer Zeit hegte ich einen Verdacht, der durch meine genauen Beobachtungen nach und nach unterstützt wurde: Sie hatte einen Liebhaber.

Einmal hatte ich durchs Opernglas beobachtet, wie im schwach erleuchteten Wohnzimmer des Ehepaars ein Mann und eine Frau sich umarmten. Die Frau war sehr schlank, der Mann ebenfalls. Der Mann war nie und nimmer der stiernackige Gatte. Dieser war wohl auf Geschäftsreise, da ich ihn mehrere Tage nicht gesehen hatte. Er war, soviel hatte ich herausbekommen, für eine größere Firma als Vertreter tätig und deshalb häufig unterwegs. Die Frau war immer zuhause. Ganz das treusorgende Weibchen, das sehnsüchtig auf die Heimkehr des ebenfalls treusorgenden Gatten wartet. Doch diese Mär bekam nach und nach Risse. Bald nach der amourösen Begegnung im Wohnzimmer gab es den Abschied vor der Haustür, die Schlanke umschlang den Mann, der ganz entschieden nicht der Gatte war, auf der von einer Funzel nur schwach beschienenen Treppe. Eine gewagte Begegnung, aber offenbar trotzte diese leidenschaftliche Affäre allen Gefahren und Risiken. Liebe macht blind, wie auch ich in meinem bewegten Leben des Öfteren hatte feststellen können. Warum sollte es bei den Menschen anders sein?

Nicht lange nach dem zärtlichen Abschied kam der Gatte zurück. Das war knapp gewesen. Mein Herrchen schrieb die ganze Zeit über an seinen Memoiren zu den Klängen von *Die Frau ohne Schatten*.

Doch nun möchte ich Ihnen von jenem ominösen Abend erzählen, an dem sich Ungeheuerliches zutrug. Gegen halb elf Uhr abends, das Opernglas an meine trotz meines hohen Alters noch fabelhaft funktionierenden Augen gepresst, sah ich in der Küche das Ehepaar wild gestikulieren und streiten. Das Küchenfenster war geschlossen, und dennoch hörte ich

Schreie, Männergebrüll und Frauengekeife. Beschimpfungen und wüste Worte musste ich mitanhören, die zu wiederholen mir meine gute Kinderstube verbietet.

Ich sah, wie die Riesenpranken des Mannes den zarten Hals der Frau umspannten, dann erlosch plötzlich das Licht. Nach einiger Zeit, es kam mir jedoch wie eine Ewigkeit vor, ging das Licht im Badezimmer an. Die mit Milchglas versehenen Scheiben des Fensters spiegelten eine seltsam verwaschene Silhouette wider. Mir schien, eine große Gestalt trüge eine kleine, sehr zierliche auf den Schultern in Richtung Badewanne. Bei offenem Fenster hatte ich einmal, als ich noch gut zu Pfoten war, einen Blick erhascht und kannte daher die Einrichtung des Badezimmers genauestens.

Das Licht erlosch nun auch hier, keine verwaschene Silhouette mehr, doch bald darauf erschien mir der Raum wieder sehr schwach erleuchtet, wie mit einer Taschenlampe oder einer Kerze. Ich hielt den Atem an.

Unverkennbar zeichneten sich die Umrisse eines großen Messers am Milchglas des Badezimmerfensters ab. Eines riesengroßen Messers, das mit, wie mir schien, großer Hektik betätigt wurde.

Dann wieder Dunkelheit. Ich wartete lange, doch Katzen sind geduldig. Meine Geduld wurde belohnt. Nach etwa zwei Stunden, oder waren es deren mehr, es war weit nach Mitternacht, bewegte sich ein Schatten vor der Haustür. Der Nachbar, beleuchtet von der Straßenlaterne, schleppte zwei schwere Koffer, beide großkariert, in Richtung Garage. Der Wagen wurde gestartet. Auto und Fahrer verschwanden in der Nacht. Mein Herrchen war eingenickt über dem Schreiben seiner Memoiren, untermalt von den Klängen der Oper *Salomé*. Er lächelte im Schlaf, das Schreiben hatte ihn offenbar glücklich gemacht und ihm sanfte Träume von vergangenen, ruhmvollen Tagen beschert. Nun fuhr er hoch und begab sich tastend zu Bett.

Ich harrte an meinem Fensterplatz aus und wartete, wartete, indem ich gegen den Schlaf ankämpfte. Ich war gerade am Einnicken, als das Auto vorfuhr.

Der Mann stieg aus. Seine Hände waren leer. Fast federnden Schritts ging er zum Eingang, schloss die Haustür auf, sah sich nach allen Seiten um, bevor er im Haus verschwand. Oben im Nachbarhaus, in der Wohnung des Ehepaars, ging das Licht an, der Mann durchquerte die Wohnung bis zum Bad. Trübes Licht durchs Milchglas ließ eine Gestalt erkennen, die sich mit Putzeimer und Lappen zu schaffen machte. Lange, sehr lange ...

Das Licht erlosch, der Tag begann zu dämmern. Ich schlich zu meinem Katzenkörbchen und schlief, bis mich die besorgten Rufe meines Herrchens weckten. Peter Vandenburg brachte mir eine große Portion meines Lieblingsessens, aber ich hatte keinen rechten Appetit. Doch ich zwang mich, um keinen Verdacht zu erregen, futterte alles brav auf und begab mich an meinen Fensterplatz.

Ich wartete wieder. Wartete auf die Frau, die jeden Morgen von zehn bis halb zwölf Einkäufe machte und in letzter Zeit länger weggeblieben war, offenbar, um sich mit ihrem Liebhaber in der Stadt zu treffen. Es war zehn vor zehn, aber sie erschien weder um zehn Uhr noch danach. Sie erschien den ganzen Morgen nicht. Ob sie unpässlich war nach dem hässlichen Streit mit dem Stiernackigen? Ich ahnte, dass ihre Unpässlichkeit von ganz besonderer Art war.

Den ganzen Tag verbrachte ich am Fenster, von kleinen notwendigen Gängen zum Katzenklo abgesehen. Ich fühlte weder Hunger noch Durst. Die Frau ließ sich nicht blicken, nicht am Fenster, nicht auf dem Balkon, nicht vorm Haus, nirgends.

Abends, in der erleuchteten Wohnung, bewegte sich nur der Ehemann.

Am nächsten Morgen erschrak ich, als beim Zeitunglesen meinem Herrchen ein Entsetzensschrei entfuhr. Ab und zu, wie das bei einsamen Menschen so ist, redete mein Herrchen laut vor sich hin:»Grauenvoll. Grauenvoll. Der Fund von zwei großen karierten Koffern mit weiblichen Leichenteilen. Noch unidentifiziert. Unter der Brücke an der Kirche St. Bartholomäus. Entsetzlich.« Meine Ohren waren noch nie im Leben so gespitzt gewesen. Die Brücke an St. Bartholomäus. Das war zwar nicht gerade um die Ecke, aber erreichbar. Ich kannte den Platz an der Brücke. Früher, in meinen besten Jahren, war ich dort unten öfter auf Brautschau gewesen, denn das Viertel war für seine eleganten, seine begehrenswerten Katzenmädchen bekannt. Zudem gab es kein lauschigeres Plätzchen für gewisse Stunden in der ganzen Stadt.

Ich hatte einen Plan. Ich würde versuchen, über meinen Schatten zu springen und meiner Behäbigkeit zu trotzen, hinunter zur Brücke gehen und ... ich wusste nicht, was ich mir von dieser kühnen Tat erhoffte. Irgendetwas in mir raunte mir zu:»*A cat must do what a cat has to do.*«

Die Gelegenheit, meinen Plan auszuführen, ließ nicht lange auf sich warten.

Als mein Herrchen den Müll hinunter zum Hof trug, schlüpfte ich unbemerkt an ihm vorbei. Von der Schallplatte ertönten die *Lieder eines fahrenden Gesellen.*

Ich war erstaunt, wie flink ich trotz meiner behäbigen Lebensweise immer noch war.

Es war dämmrig, ich durchstreifte das Gebiet, das von der Polizei markiert war. Die Absperrung zu umschleichen war für mich gelenkigen alten Kater ein Kinderspiel. Die Abdrücke dort drüben im Schlamm, das musste der Fundort der beiden Koffer sein. Ich schnüffelte. Ich roch Menschenblut. Unverkennbar. Und ich suchte, ohne genau zu wissen, was genau ich eigentlich suchte. Eine Stunde war vergangen, auf St. Bartholomäus schlug es bereits neun Uhr. Nichts hatte ich gefunden. Ich wollte mich etwas frustriert schon auf den Heimweg machen, als mein Blick zum rechten Brückenpfeiler ging. Ein Auto mit grellem Scheinwerferlicht fuhr gerade über die Brücke, und da sah ich es: An einem spitzen Stab, der auf halber Höhe aus dem Brückenpfeiler ragte, hing ein Stück Stoff, und ich erkannte sofort, woher der Stoff stammte. Das war das Pepitamuster des Anzugs, den der Nachbar so oft trug. Er hatte auch in jener Nacht diesen Pepitaanzug getragen. Bei seiner nächtlichen Arbeit, ohne es zu merken, musste er an der Eisenspitze hängengeblieben sein. Am Stofffetzen war ein Knopf befestigt. Und der Stofffetzen war schmutzig. Eingetrocknetes Blut, stellte ich fest.

Ich nahm vorsichtig das Indiz in mein Maul und schlich zurück nach Hause. Peter Vandenburg stand an der Haustür, rief verzweifelt meinen Namen. Der Arme.

Zum Glück war er sehr kurzsichtig, und so konnte ich unbemerkt hinter ihm in den Hauseingang schlüpfen. Nach einiger Zeit kam er die Treppe heraufgeschlurft. Als er mich in meinem Katzenkörbchen liegen sah, rief er erleichtert: »Da bist du ja, Gustav. Ach, meine Augen werden immer schwächer. Ich dachte, du seist weg.«

Ich gab ein beruhigendes *Miau* von mir, um den lieben Menschen zu trösten, er streichelte mir das Fell, mein Schnurren war ihm Belohnung und Freude zugleich.

Das blutige Beweisstück hatte ich bereits an einem sicheren Ort versteckt, ganz oben auf dem Schrank, unerreichbar für mein altersschwaches Herrchen.

Ich musste zwei Tage lang warten, bis geschah, was geschehen musste. Gegen Mittag klingelte es an der Haustür. Zwei jüngere Männer, einer in Zivil und einer in Polizeiuniform, befragten die Nachbarn, ob sie am Abend des 24. Mai etwas Verdächtiges im gegenüberliegenden Haus beobachtet hätten. Der 24. Mai, das war der Abend des Streits gewesen. Frau Kirchlechner von gegenüber sei verschwunden, es seien zwei Koffer mit Leichenteilen gefunden worden, man nehme an, es handele sich um die sterblichen Überreste der Frau. Kirchlechner also hießen sie.

»Entsetzlich, grauenvoll«, rief mein Herrchen wie schon bei der Zeitungslektüre vor einigen Tagen. Er sagte aus, er habe nichts gesehen und gehört an jenem Abend, in jener Nacht. Er habe die ganze Zeit über an seinen Memoiren geschrieben, diese Arbeit verlange seine ganze Konzentration, da versinke er in der Vergangenheit und nähme die Gegenwart nicht wahr. Als Peter Vandenburg habe man der Nachwelt so einiges mitzuteilen. Mein Herrchen war sichtlich enttäuscht, dass der Name Peter Vandenburg bei den beiden Männern nichts auslöste, keinen Ausruf: Ach, Sie sind der weltberühmte Bariton? Nichts. Mich beachteten die Männer gar nicht, doch mit einem Satz sprang ich aus dem Körbchen, so behände, wie es meine von Arthrose geplagten Gelenke zuließen.

Ich wusste: jetzt oder nie.

Ich sprang auf den Schrank, packte den blutgetränkten Stofffetzen mit den Zähnen, legte das Indiz vor den Füßen der Polizisten ab. Erstaunt bückte sich der Polizist in Uniform, schaute verdutzt in die Runde.

»Gustav«, fragte mein Herrchen. »Gustav, du bist also doch ausgebüchst vor ein paar Tagen?«

Und er berichtete, dass er mich vermisst hatte, dass ich wohl heimlich weggeschlichen war. Er schaute mich an, als solle ich seine Aussage bestätigen. Mein kräftiges *Miau* musste die Männer überzeugt haben.

»Guck mal, das eingetrocknete Blut. Das Stoffstück sieht aus, als passe es genau zu dem Pepitaanzug, den der Kirchlechner im Schrank hängen hatte.«

»Ja, wie er erschrocken ist, als wir ihn gefragt haben, wo er sich den Anzug zerrissen hat. Er hat was von einem Hund gefaselt, der ihn angegriffen hat. Das kam mir gleich fadenscheinig vor.«

Der Polizist in Uniform steckte das Beweisstück vorsichtig in eine mitgebrachte Plastiktüte.

Der Mann in Zivil ging zum Fenster und schaute auf das Mordhaus, so möchte ich es nun nennen. »Oh, ein Opernglas«, sagte er und nahm es hoch.

»Ja, es gehört Gustav. Ein Souvenir aus früheren, glücklicheren Zeiten, als er mich auf meine Tourneen rund um die Welt begleitet hat. Er saß immer auf dem Logenplatz und verfolgte alle meine Aufführungen.«

Verklärt sah Peter Vandenburg vor sich hin und bemerkte nicht die Blicke, die sich die Polizisten zuwarfen. Der Uniformierte tippte sich leicht an die Stirn und grinste dabei.

»Sie haben uns wahrscheinlich sehr geholfen«, sagte der Mann in Zivil. »Wir werden das Stoffstück im Labor untersuchen lassen.«

Von mir war nicht die Rede.

Wie undankbar und unhöflich Menschen doch sein können, dachte ich und schlich gekränkt in mein Körbchen.

Doch ich tat den beiden Polizisten Unrecht. Schon am nächsten Tag erschienen sie mit einem Präsentkorb voller erlesenster Katzendelikatessen: Fleischragout vom Feinsten in allen Variationen.

Nichts davon würde ich anrühren, ich wusste es. Das Geschehen der letzten Tage hatte mich zum Vegetarier werden lassen. Das Riesenmesser, mit dem der Nachbar im Badezimmer hantierte. Der Inhalt der beiden Koffer. Sie verstehen, was ich meine?

Doch es war lieb gemeint, eine reizende Geste, dieser Präsentkorb, und letztlich zählt der Gedanke. Die Polizisten verabschiedeten sich, und beim Hinausgehen schaute der Mann in Zivil zum Fenster hinüber, wo mein Opernglas lag.

Mit einem prüfenden Blick in meine Richtung verließ er kopfschüttelnd die Wohnung.

Ilsebill

*Bevor man etwas brennend begehrt, sollte man
das Glück dessen prüfen, der es bereits besitzt.*

F. DE LA ROCHEFOUCAULD

Es waren einmal ein Mann und seine Frau, die wohnten zusammen mit ihrem Hund in einem alten Häuschen, dicht an
einem malerischen See in Süddeutschland. Fragt mich nicht,
wo genau, denn ich bin nur ein kleiner Hund und verstehe
nichts von Geografie.

Mein Name ist Timmy, und mein Herrchen heißt Leopold.
Seine Frau hieß Ilse.

Ilse war hübsch anzusehen mit ihrem hellblonden Locken-
kopf und ihren veilchenblauen Augen. Sie wirkte freundlich,
doch wenn man sie genauer studierte, bemerkte man einen
grausamen Zug um ihren Mund und in ihren Augen einen
Ausdruck von Missgunst und Unzufriedenheit. Leopold war
der Dackel seiner Frau, wenn ich als Hund einmal diese Me-
tapher verwenden darf. Er nannte sie zärtlich Ilsebill und las
ihr jeden Wunsch von den Augen ab. Soweit er ihre Wünsche
erfüllen konnte, und das war nicht leicht.

Leopold war nur ein kleiner schlecht bezahlter Angestell-
ter in einer Firma, die Boote herstellte. Sein Chef, ein geiziger
und harter Mensch, hatte dem fleißigen Angestellten einmal
in einem Anfall von Großzügigkeit ein älteres Boot geschenkt,
das zum Verkauf nicht mehr taugte. Dieses Geschenk und
der Umstand, dass Ilse nichts lieber aß als Fisch, hatten wohl

bewirkt, dass Leopold sich dem Hobby des Angelns zuwendete. Eigentlich hätte er viel lieber ab und zu mit Freunden Schach oder Skat gespielt, denn er war von Natur aus ein geselliger Mensch. Aber Ilsebill ekelte nach und nach schon im ersten Jahr ihrer Ehe alle Freunde ihres Mannes aus dem Haus, und als der Chef ihm das Boot schenkte, sah sich Leopold veranlasst, dieses auch zu nutzen, zumal Ilsebill ihm auftrug, die besten Fische für sie zu angeln.

Ich war der einzige Begleiter und Freund des einsamen Leopold, und nach und nach gewöhnte sich mein Herrchen an das ihm aufgezwungene Hobby, fand allmählich sogar Gefallen daran, früh morgens an den Wochenenden auf den See hinauszurudern. Ich spürte, dass Leopold die Einsamkeit in der Natur der Gesellschaft seiner ewig nörgelnden und unzufriedenen Ehefrau vorzog, die keine Gelegenheit ausließ, um ihm ihre bescheidenen Lebensumstände vorzuwerfen. Sie demütigte ihn, nannte ihn einen Versager, der es nicht geschafft hatte, befördert zu werden.

»Dieser rostige Kleinwagen, dieses schäbige Mobiliar, selbst der Hund ist eine Promenadenmischung«, rief sie und bedachte mich mit einem verächtlichen Blick.

Leopold hatte mich kurz vor seiner Verheiratung aufgenommen, als Erbstück seiner Eltern sozusagen, die beide nacheinander plötzlich gestorben waren. Sein Versprechen an sie, für mich zu sorgen, war ihm heilig, und er hatte auf wundersame Weise erreicht, dass er mich entgegen dem Veto seiner hartherzigen Frau behalten durfte.

Ja, ich war eine Promenadenmischung, ein »echt reinrassiger Bahomi«, wie Leopold mich scherzhaft nannte, eine Bauernhofmischung.

»Das sind die Treuesten«, erwiderte Leopold trotzig, doch Ilsebill schaute mich feindselig an aus ihren veilchenblauen

Augen. Der Ausdruck von Unzufriedenheit steigerte sich zusehends und begann, erste kleine Falten in ihr noch junges Gesicht zu graben, besonders um die Mundwinkel herum.

»Einen Versager habe ich geheiratet, dessen einziger Freund ein verlauster Köter ist.«

Ich war nicht verlaust, und gekränkt verkroch ich mich unterm Tisch.

Leopold nahm seine Angel und einen Eimer, er befestigte mich an der Leine und gemeinsam verließen wir, erleichtert, das Haus.

Wie friedlich war der See, wie harmonisch die Natur um uns zwei, den Herrn und den Hund, als wir im Boot zur Mitte des Sees trieben. Es war ein wunderschöner Frühsommertag. Holunderbüsche, Jasminsträucher und blühende Kastanien säumten das Ufer und verströmten einen Duft, der die Sinne betäubte. Wir vergaßen Ilsebill und ihre Hasstiraden. Alles war friedlich, alles war gut.

Plötzlich begann unser Boot zu wanken. Ein Ungetüm von Fisch hing an Leopolds Angel. Er erhob sich vor uns und begann zu sprechen. Ich dachte zunächst, die Sommerdüfte um uns herum hätten unsere Sinne benebelt, doch der Fisch richtete laut und deutlich folgende Worte an Leopold: »Hab keine Angst, ich bin ein verwunschener Prinz. Du wirst mich nicht töten, du wirst es nicht bereuen, mich verschont zu haben. Ich bin ein Zauberfisch und kann dir einen Wunsch erfüllen.«

Leopold machte den Fisch vorsichtig von der Angel los, ohne ihn zu verletzen.

»Ich bin wunschlos glücklich«, sagte er, nachdem er sich vom ersten Schreck erholt hatte. Aber er war nicht glücklich. Das wusste ich, denn Hunde spüren jede geringste Herzensregung derer, die sie lieben. Und ich liebte Leopold, meinen unglücklichen Herrn. Ich wusste auch, dass der Zauberfisch an Leopolds Unglück nichts würde ändern können.

»Du bist ein guter Mensch«, erwiderte der Zauberfisch. »Vielleicht kann ich mich irgendwann einmal revanchieren für deine Gutherzigkeit.« Und er verschwand in der Tiefe des Sees.

Zuhause angekommen, erzählte Leopold seiner Frau von der ungewöhnlichen Begegnung. Eine neuerliche Schimpftirade ergoss sich über meinen Herrn, den »Einfaltspinsel«, der diese einmalige Chance hatte verstreichen lassen.

»Du gehst morgen zurück und wünschst dir einen topmodernen Bungalow mit allem Drum und Dran: Swimmingpool, Sauna, und eine Garage mit einem roten Cabrio drin.«

Leopolds Beteuerungen, er wolle die Gutmütigkeit des Fisches nicht überstrapazieren, nützten nichts. Er nahm mich am nächsten Morgen an die Leine, und wir ruderten wieder zur Mitte des Sees. Ein alter Reim aus Kindertagen kam ihm in den Sinn. Es war etwas Norddeutsches aus einem Märchen, das seine Mutter ihm vor langer Zeit einmal vorgelesen hatte:

Manntje, Manntje, Timpe Te,
Buttje, Buttje in de See.
Mine Fru, de Ilsebill
Will nich so, as ick woll will.

Es dauerte nicht lange, und der Zauberfisch tauchte vor uns auf.

»Na, was will sie denn, deine Ilsebill?«

Leopold beteuerte, dass ihm das Ganze peinlich sei, aber er zählte dennoch die Wünsche seiner Frau auf.

»Geh nur heim, die Wünsche deiner Frau sind erfüllt«, sagte der Fisch und verschwand im Wasser, das heftig schäumte und, wie es mir erschien, giftig grün verfärbt war.

Daheim stand Ilsebill vor ihrem schicken Bungalow und zeigte auf ein rotes Cabrio, das in der Einfahrt stand.

»Da werden deine Kollegen vor Neid erblassen, wenn sie dich

damit morgen zur Arbeit fahren sehen. Das heißt, nein! Das Cabrio gehört mir allein. Du bist ja eh mit deiner alten Schrottkiste zufrieden. Und so erregst du keine bösen Gefühle bei deinen Kollegen«, setzte sie hinzu.

Der grausame Zug um ihren Mund hatte sich verschärft, auch der Ausdruck von Unzufriedenheit, obwohl ihre Wünsche nun doch erfüllt worden waren. Leopold wollte etwas entgegnen, doch er biss sich auf die Lippen, nahm mich von der Leine und streichelte mich.

»Morgen gehst du noch mal raus auf den See und redest mit dem Zaubervieh.«

»Wieso das? Du hast doch nun deine Wünsche alle erfüllt bekommen«, entgegnete Leopold zaghaft.

»Alle? Dass ich nicht lache. Noch längst nicht alle. Dies hier ist erst der Anfang«, sagte sie und zeigte auf Haus, Auto, Swimmingpool. »Wir haben seit Jahren keinen Urlaub mehr gemacht. Ich wollte immer mal schon nach Peru auf den Machu Picchu. Und nach Las Vegas und zum Lake Powell. Und zum Ayers Rock. Und in ein Kloster nach Nepal zum Meditieren. Das machen doch Leute, die was auf sich halten. Und die tanzenden Derwische habe ich auch noch nie gesehen.«

Leopolds Einwände schrie sie nieder, und wie ein Kind, das seinen Willen nicht bekommt, stampfte sie mit den Füßen auf.

»Du gehst morgen dahin, oder ich werfe dich mitsamt deinem Bahomi, dem räudigen Vieh, aus dem Haus.«

Resigniert zuckte Leopold mit den Schultern, doch ich merkte, wie er insgeheim die Fäuste ballte und wie sein Gesicht sich verfärbte vor Zorn und Ohnmacht.

Am nächsten Morgen fuhren wir zum See hinaus. Leopold sagte seinen Spruch, und der Zauberfisch erhob sich vor uns. Leopold zählte die Wünsche seiner Frau auf, und der Fisch sagte, wie es mir schien, in gereiztem Ton: »Die Wünsche deiner Frau gehen in Erfüllung, sie soll alle die Reisen bekommen. Auf Wiedersehen, du armer reicher Mann.«

»Wieso auf Wiedersehen?«, erwiderte Leopold. »Ilsebill wird nun zufrieden sein.«

Der Zauberfisch schaute Leopold aus seinen großen Glupschaugen traurig an und tauchte in die Fluten des Sees hinab, die, wie mir schien, schwefelgelb waren.

Als Ilsebill von der Weltreise, die sie übrigens alleine antrat, zurückkam, war der Zug von Unzufriedenheit und Neid um ihren grausamen Mund nicht mehr zu übersehen.

Auf ihrer Stirn hatten sich zudem zwei tiefe Unmutsfalten eingegraben.

»Wie unglücklich ich bin«, sagte sie. »Das habe ich auf meiner Weltreise gesehen. Die anderen in meiner Reisegruppe waren viel glücklicher. Zum Beispiel diese Frau mit dem edlen Hund. Ein Chihuahua war das.«

»Ein was?«

»Wie dumm du bist. Ein Chihuahua ist ein mexikanischer Rassehund. Molly Fatbottom hat so einen auch. Und ich will ebenfalls so einen Hund.«

»Wer ist Molly Fatbottom?«

»Das ist der Star aus der Soap *Mein rosarotes Himmelbett*. Wie ungebildet du bist.« Dann fügte sie rasch hinzu: »Die Frau in meiner Reisegruppe hatte also diesen Rassehund und einen tollen Mann.«

Leopold nahm seinen ganzen Mut zusammen und wagte zu bemerken: »Du hast doch auch einen Mann und einen Hund.«

Ilsebill schnaubte auf. Sie fand für einen kurzen Moment keine Worte, dann lachte sie nur. Es war ein metallenes Lachen voller Kälte.

»Guck dich doch mal im Spiegel an. Und deinen Köter habe ich nun lange genug geduldet in meiner Gutmütigkeit.«

»Aber ...«

Leopolds Stimme klang nun angsterfüllt.

»Nichts aber. Das mit dem tollen Mann war nur ein Scherz. Das mit dem Chihuahua aber nicht.«

»Zwei Hunde, das geht vielleicht nicht gut ...«, wagte Leopold zu bemerken.

»Wieso zwei Hunde? Dein Köter muss natürlich weg.«

»Nein«, rief Leopold und nahm mich beschützend in die Arme.

»Ich werde das von nun an selbst in die Hand nehmen«, sagte Ilsebill. »Ich fahre morgen früh zum See hinaus und rede mit dem Zauberfisch mal Tacheles. Es gibt da noch diesen und jenen Wunsch: einen Chauffeur brauche ich, jede Menge Personal, einen Bodyguard. Und einen Golfplatz mit Golflehrer. Und noch ein paar Klamotten. Ich habe ja nichts zum Anziehen im Schrank. Und Schmuck, und ...«

Leopold nahm mich am Halsband und ging aus dem Raum. Das war mutig von ihm. Es war der Mut des Verzweifelten. Er ging auf einmal ganz ruhig in den Schuppen, in dem das Boot stand, und kam fröhlich pfeifend nach einer Weile zurück. Er ging zu Ilsebill, die gerade ihre Lieblingssoap mit Molly Fatbottom anguckte, schloss sie in die Arme und sagte: »Du hast Recht. Du wirst das alles schon regeln. Der Zauberfisch wird sich freuen, deine Bekanntschaft zu machen.«

Ich ahnte, was geschehen war und was geschehen würde.

»Alles wird gut«, sagte Leopold vorm Zubettgehen und kraulte meinen Kopf, und zwar in der Mitte zwischen den Ohren, wo ich es am liebsten habe.

»Du hast nichts zu befürchten. Wir haben nichts mehr zu befürchten.«

Am nächsten Morgen machte sich Leopold eine große Tasse Milchkaffee und gab mir einen großen Knochen, während Ilsebill auf den See hinausfuhr.

Leopold winkte ihr freundlich nach, doch sie winkte nicht zurück.

Leopold nahm den Feldstecher und beobachtete von seinem Liegestuhl auf der Terrasse aus die Szene, die sich in der Mitte des Sees abspielte. Die Frau im Bott gestikulierte wild, offensichtlich rief sie nach dem Zauberfisch, voller Ungeduld, fordernd. Da erschien der Gerufene, die Frau im Boot erhob sich vom Sitz und hob eine lange Litanei an, man hörte zwar nicht, was sie sagte, aber Leopold kannte die Worte seiner Frau auswendig.

Plötzlich gab es eine große Wellenbewegung wie bei einem Sturm, das Wasser des Sees verfärbte sich rabenschwarz. Es war unheimlich. Man vernahm einen Schrei. Die Frau im Boot verlor die Balance, und im nächsten Moment hatte der See sie verschlungen.

Die große Schwanzflosse des Fisches hieb auf das Boot ein, das in kleine Stücke zerschellte. Sie wurden von den Wellen in alle Richtungen weggetragen.

Mein Herrchen stand am Geländer der Terrasse und schaute ungläubig auf den See hinaus. Er ließ das Fernglas sinken und stand lange wie erstarrt da. Dann, nach einer Ewigkeit, entrang sich ein Seufzer der Erleichterung seiner Brust.

Ich wusste, dass dies ein doppelter Seufzer der Erleichterung war. Der Spuk hatte ein Ende. Er war frei. Wir beide waren frei.

Er kniete sich zu mir hinunter und kraulte mir die Ohren.

Niemand würde das kleine Loch an der Unterseite des Bootes bemerken. Es würde kein Boot gefunden werden. Der Zauberfisch hatte gründlich dafür gesorgt, dass Leopold guten Gewissens sein neues Leben würde genießen können. Unser neues Leben. Ein Leben in Freiheit für zwei Freunde.

Kein Fall für Miss Marple

The young people think the old people are fools;
but the old people know the young people are fools!

AGATHA CHRISTIE, *Murder in the Vicarage*

Ich war der heißgeliebte Hund meines gütigen Herrn, eines pensionierten Bibliothekars und Witwers. Emil Häberle, obwohl Schwabe, entsprach keineswegs dem Klischee des »deutschen Schotten«, wie man seine Landsleute gerne tituliert. Er hatte mich, den kleinen schwarzen Mischlingshund, auf den Namen Elvis getauft, weil er in seiner Jugend für den hüftenschwingenden Sänger geschwärmt und sogar einmal ein Autogramm von ihm ergattert hatte, das in einem pinkfarbenen Rahmen hinfort über seinem Bett hing.

Emil Häberle verdankte ich viel: das liebevolle und gemütliche Zuhause, das ich sieben Jahre lang mein eigen nennen durfte, vor allem aber meine Belesenheit und meine Bildung.

Sie werden staunen und ungläubig den Kopf schütteln, denn ein Hund hat nicht gebildet und belesen zu sein, am wenigsten eine Promenadenmischung namens Elvis. Doch ich spreche die Wahrheit. Meine Bildung, meine Belesenheit rührten daher, dass Emil Häberle mir stundenlang vorlas. Auf seinem Sofa ausgestreckt, von dicken Kissen gestützt und in eine karierte Decke gehüllt, las er mir bis tief in die Nacht hinein laut vor, während ich in dem Körbchen vor seinem Sofa, ebenfalls warm und kuschelig gebettet, aufmerksam die Ohren spitzte.

Spannende Geschichten waren es, denn Emil Häberles Lieblingslektüre waren Kriminalromane, genau genommen die Romane und Geschichten von Agatha Christie um die Amateurdetektivin Jane Marple, von den Einwohnern des Dorfes St. Mary Mead allseits Miss Marple genannt.

Wenn Emil Häberle mir vorlas, konnte er Zeit und Raum vergessen, und ich denke, er war ein wenig in diese Jane Marple aus Agatha Christies Romanen verliebt. Ich hegte den Verdacht, dass Jane Marple mein Herrchen an seine verstorbene Frau Johanna erinnerte, die er wohl sehr geliebt hatte. Diverse Fotos von Johanna Häberle zeigten eine zarte, blasse, sanfte Frau mit klugen blauen Augen, eine junge Version der Jane Marple aus Agatha Christies Krimis.

Bei Agatha Christie ist die Amateurdetektivin nämlich eine kultivierte, ältere Dame Ende sechzig, etwas blässlich und zart und gebrechlich, sehr fein und zurückhaltend, und sie wird gerade deshalb ständig unterschätzt von ihren Widersachern, den Verbrechern, denen sie auf den Fersen ist, ohne dass diese es bemerken. Sie ist scharfsinnig und schlau und unverhofft zäh, wenn es darum geht, Mörder in die Enge zu treiben und zu überführen.

Ich erinnere mich, wie entsetzt Emil Häberle war, als er zum ersten Mal jene Agatha Christie-Verfilmung *16 Uhr 50 ab Paddington* mit Margaret Rutherford als Miss Marple sah. Statt der schlanken, feingliedrigen und bescheidenen Dame der Romane diese untersetzte, bullige, burschikose Frau. Frech und draufgängerisch war sie, diese Margaret Rutherford, und sie prahlte mit den sportlichen Lorbeeren, die sie in ihrer Jugend in verschiedenen Disziplinen erworben hatte: im Fechten, im Golfspielen, im Schwimmen. Sie hatte nichts mit seiner Miss Marple gemeinsam. Außer vielleicht den scharfen Verstand, das musste auch Emil Häberle zugeben.

Mit großer Befriedigung las Emil Häberle einige Zeit später einen Artikel, in dem zu erfahren war, dass Agatha Christies Reaktion auf diese Margaret Rutherford-Verfilmung alles andere als erfreut gewesen war.

Einige Zeit später schaltete er auf das dritte Programm, wo eine BBC-Version der Agatha Christie-Filme gesendet wurde. Emil Häberle, der erst in den Achtzigerjahren einen Fernseher erworben hatte und äußerst selten fernsah, war einigermaßen versöhnt, als er in dieser englischen BBC-Verfilmung eine Jane Marple erblickte, die genau auf den Punkt der Beschreibung seiner geliebten Hobbydetektivin aus der Buchvorlage glich. Joan Hickson, die britische Schauspielerin, sie war seine Miss Marple und die der Agatha Christie: mit sanften, aber dennoch klugen blauen Augen, schlank, ein wenig zerbrechlich wirkend, mit einem feinen, zurückhaltenden Wesen.

Es waren ungefähr sechs Wochen vergangen seit jener versöhnlichen Begebenheit, als ein Möbelwagen vorfuhr und am Nachbarhaus anhielt. Dieses Haus hatte seit fast einem halben Jahr leer gestanden, nachdem die über neunzigjährige Besitzerin verstorben war. Drei stämmige Möbelpacker luden Stück für Stück die Habseligkeiten der neuen Besitzerin des Hauses aus dem Speditionswagen. Die neue Besitzerin, eine Frau um die sechzig, wies die Männer an, auf eine bestimmte und doch freundliche Art, und nachdem alle Möbelstücke ausgeladen waren, verschwand sie zunächst für viele Stunden in ihrem neuen Domizil. Am späten Nachmittag klingelte es an der Haustür. Ich folgte meinem Herrchen zur Tür. Es war die neue Nachbarin. Sie stellte sich als Elfriede Eschwey vor. Sie hatte das Haus der verstorbenen Tante geerbt und wagte, wie sie sich ausdrückte, nun noch einmal einen Neuanfang. Ich mochte diese neue Nachbarin auf Anhieb, denn sie hatte mir ein Leckerli mitgebracht. Meinem Herrchen überreichte sie eine Flasche Wein mit den Worten: »Auf gute Nachbarschaft.«

Als Emil Häberle sie in die Wohnung bitten wollte, lehnte sie ab, denn es gab ja noch viel zu tun, bevor die drei Arbeiter wegfahren würden. Sie müsse nun nach dem Rechten schauen und den Männern ein nettes Abendessen zubereiten. Sie hatten es verdient nach der harten Arbeit.

Mein Herrchen war an diesem Abend etwas geistesabwesend. Mitten beim Lesen – die aktuelle Miss Marple Lektüre war *Nemesis* –, hielt er gelegentlich inne und schien ins Nichts zu starren. Doch ich bemerkte, dass er in Richtung Fenster blickte, das zum Nachbarhaus zeigte, welches seit heute von der neuen Besitzerin bewohnt wurde. Ich war besorgt. Mein Herrchen wurde doch hoffentlich nicht krank? Er las weniger lange als üblich, und bevor er zu Bett ging, stand er in Gedanken versunken bestimmt eine Viertelstunde am Fenster. Erst als die Lichter des Nachbarhauses gelöscht waren, begab er sich zur Ruhe. An der Art, wie er sich von einer Seite auf die andere wälzte und seufzte, merkte ich, dass er keinen rechten Schlaf fand.

Am nächsten Morgen saß mein übernächtigtes Herrchen zerknittert und zermürbt am Frühstückstisch und wollte nichts essen. Ich begann mir nun ernsthaft Sorgen zu machen und setzte mich auf seine Füße, was ein Zeichen besonderer Zuneigung ist, legte den Kopf schief und schaute ihn bekümmert an. Da schellte das Telefon. Müde schlurfte Emil Häberle in den Flur hinaus, doch wie verwandelt kam er zurück, in der Hand das schnurlose Telefon. Die Art und Weise seiner Antworten sagte mir, dass unsere neue Nachbarin am anderen Ende der Leitung war. Wie um mehrere Jahre verjüngt und gar nicht mehr müde und zerschlagen, ging er während des Telefonats elastischen Schritts im Zimmer auf und ab.

»Ja, natürlich, ich komme gerne mit Elvis vorbei. Bis nachher.«

Mein Herrchen nahm einen hastigen Schluck Kaffee und aß ein halbes Brötchen, dann begab er sich ins Bad, wo er sich viel länger aufhielt als gewöhnlich. Als er aus dem Badezimmer kam, duftete er nach dem Herrenparfum, das ihm sein Neffe Holger zu Weihnachten geschenkt hatte. Ich mochte weder den Neffen noch das Parfüm. Emil Häberles wundersame Metamorphose gab mir immer noch Rätsel auf, doch ich bin nur ein kleines Hündchen und verstehe einiges nicht, was mit den Dingen der Menschen zu tun hat.

»Komm, Elvis, mein Lieber«, sagte Emil Häberle fröhlich und beschwingt. »Unsere neue Nachbarin bestand ausdrücklich darauf, dass du mitkommst zum Antrittsbesuch bei ihr drüben. Eine sympathische Person. Eine Hundefreundin, das sagt alles.«

Ich war ganz seiner Meinung. Wer Hunde liebt, der kann niemals ein schlechter Mensch sein. Emil Häberle leinte mich an, und wir verließen das Haus. Praktischerweise ist im übernächsten Haus ein Blumenladen untergebracht, und so erschienen wir zum Antrittsbesuch mit einem wunderschönen Strauß gelber Rosen.

»Teerosen, meine Lieblingsblumen!«, rief Elfriede Eschwey erfreut aus, als sie das üppige Gebinde überreicht bekam.

»Und zum Glück kein Wachsblumenstrauß«, scherzte sie.

»Ach, Sie sind auch eine Freundin von Agatha Christies Krimis?«, rief Emil Häberle ebenso erfreut aus, und er fügte hinzu: »Als ob ich es nicht geahnt hätte.«

»Ja, ich habe alle Bücher von Agatha Christie. Ich liebe alles Englische. Doch kommen Sie nur herein mit ihrem netten Hündchen. Und den Satz müssen Sie mir noch erklären: Als ob ich es geahnt hätte.«

Emil Häberle wurde rot, was ihm das Aussehen eines verliebten Pennälers verlieh, und mir ging urplötzlich ein Licht auf. Ich dummer, dummer Vierbeiner. Mein Herrchen war verliebt!

Elfriede Eschwey, das Objekt seiner Begierde, führte uns in das kleine Wohnzimmer, das erstaunlicherweise schon recht gemütlich wirkte, obwohl Frau Eschwey doch erst gestern eingezogen war. Konnte die neue Nachbarin zaubern?

»Nehmen Sie doch auf dem Sofa Platz, oder möchten Sie lieber in einem der Windsor Chairs sitzen?«

»Wie in Agatha Christies Romanen«, schwärmte mein Herrchen und blickte sich bewundernd um. »Diese schöne alte englische Standuhr, diese schwarzweißen Kaminhunde. Das Tellerbord und die vielen Messingkerzenleuchter.«

Er bekam Strahleaugen. Er fuhr fort: »Wahrlich, eine Einrichtung wie bei Miss Marple. Der echten, der aus den Büchern, nicht der Schauspielerin aus diesen vier komischen Filmen, die wenig mit den Originalkrimis zu tun haben.«

»Ich weiß«, seufzte Elfriede Eschwey. »Ich weiß. Auch ich mag, ganz entgegen der Masse der Zuschauer, Margaret Rutherford nicht. Agatha Christie beschreibt sie doch anders: als zarte und feine Dame.«

»Zart und fein wie Sie«, entfuhr es Emil Häberle. »Sie erinnern mich auch an Joan Hickson, kennen Sie diese Schauspielerin? Sie hat in den Achtzigerjahren die Miss Marple gespielt. In den BBC-Verfilmungen, die ganz werkgetreu sind. Vom ersten Moment an, als ich Sie sah, haben Sie mich an Joan Hickson erinnert.«

Elfriede schaute mein Herrchen aus ihren kornblumenblauen Augen an und erwiderte leicht belustigt und dennoch geschmeichelt: »Das haben meine Schüler auch gesagt. Sie müssen wissen, ich war Englischlehrerin. Fast vierzig Jahre lang. Daher mein Faible, was alles Englische betrifft. An den Wänden werden englische romantische Landschaften hängen.«

Sie deutete auf die halbleeren Bücherregale:»Und diese hier werden in einigen Tagen mit Bänden englischer Autoren gefüllt sein. Mit den Büchern von Jane Austen, den Brontë-Schwestern, Thomas Hardy, John Keats, Oscar Wilde, Katherine Mansfield. Und Shakespeare natürlich, dem Allergrößten. Aber entschuldigen Sie. Ich prahle mit meinem Wissen.«

»Nicht doch. Und außerdem: Ich teile Ihre Leidenschaft für Literatur. Nicht umsonst war ich vierzig Jahre lang Bibliothekar«, gab Emil Häberle zurück.»Wie schön, all diese Gemeinsamkeiten.«

In Elfriede Eschweys blauen Augen blitzte es schelmisch:»Wussten Sie, dass der Vater unserer gemeinsamen Freundin, Margaret Rutherford, ein Mörder war?«

»Nein. Wirklich? Wieso das?«

»Ja, er hat seinen Vater, einen Pfarrer, mit einer höchst seltsamen Waffe erschlagen.«

»Und die wäre?«

Es prustete nur so aus ihr heraus:»Mit einem, mit einem – die Franzosen würden es *pot de chambre* nennen.«

»Mit einem Nachttopf?«

Ungläubig sah Emil Häberle die neue Nachbarin an.

»Jawohl, mit ebendiesem Gerät. Und er wurde als gemeingefährlich in eine geschlossene Anstalt verfrachtet. Und die Tochter Margaret nahm den Namen ihrer Mutter an. Na ja, man kann zu Margaret Rutherford als Miss Marple stehen, wie man will, sie konnte ja nichts für den Mordwahn ihres Vaters. Aber ich habe Ihnen noch gar nichts angeboten. Englischen Tee hätte ich da: Lyons oder Typhoo.«

»Typhoo klingt nett«, sagte Emil Häberle.

Elfriede Eschwey trank ihren Tee mit sehr viel Milch und sehr viel Zucker.

»Wie schlank Sie dennoch sind«, sagte Emil Häberle, und mit bewundernden Blicken hüllte er das Objekt seiner Liebe wonnevoll ein.

»Auch Sie können sich nicht beklagen mit Ihrer Statur«, entgegnete Elfriede Eschwey. Ihre zurückhaltende Art erlaubte ihr nicht mehr als diese Andeutung eines Kompliments, aber für mich, den Vierbeiner, der unter dem englischen Mahagonitisch lag und eifrig die Ohren spitzte, damit ihm keine Nuance entging, für mich waren die sanft dahin gehauchten Worte von Elfriede Eschwey deutlich genug. Auch sie hatte offenbar Feuer gefangen, auch sie war verliebt.

Die Tage, die Wochen vergingen, und die nachmittäglichen Teestündchen in dem zusehends gemütlicher und heimeliger werdenden Haus von Elfriede Eschwey wurden zur lieben Gewohnheit, und zwar immer unmittelbar nach dem ausgiebigen Gassigehen zum nahen Waldpark am Rhein entlang, ein Gassigehen zu dritt. Emil Häberle, Elfriede Eschwey und ich waren eine glückliche kleine Familie.

Glück kann nicht ewig währen, so las ich einmal auf einem Kalender in Emil Häberles Flur. Diesen Kalender hatte Emil Häberle übrigens wie jenes Herrenparfüm von seinem Neffen Holger geschenkt bekommen. Von besagtem Neffen wird noch die Rede sein müssen, denn er sollte eine fatale Rolle im Leben meines Herrchens spielen und somit auch in meinem.

Neffe Holger war der alleinige Erbe von Emil Häberles Vermögen. Ein Bibliothekar und vermögend? So werden Sie nun fragen. Doch durch Sparsamkeit hatte Emil Häberle es im Laufe seines recht langen Lebens tatsächlich zu einem kleinen Vermögen gebracht. Holger, der Sohn seiner Schwester Britta, war allein übrig geblieben, der letzte Spross einer aussterbenden Familie. Er brachte dem Onkel gerne Geschenke. Außer dem bereits bekannten Herrenparfüm und dem Spruchkalender waren dies Filzpantoffeln, Krawatten – Emil Häberle besaß mittlerweile dreißig davon – und Salatschüsseln. Holger arbeitete in einem Kaufhaus als Verkäufer. Er war von der Krawatten- in die Geschirrabteilung übergewechselt, was die Auswahl seiner Geschenke für den geliebten Onkel hinreichend erklären mag.

Einmal im Monat, jeden ersten Sonntag, stattete Holger dem lieben Onkel Emil einen Besuch ab, versehen entweder mit einer Krawatte oder einer Salatschüssel.

Die Romanze zwischen Elfriede Eschwey und Emil Häberle dauerte nun schon ein Vierteljahr, und immer noch nicht hatte der Onkel den Mut gefunden, dem Neffen von seinem Glück zu berichten. Eines Sonntags, Holger hatte dem Onkel gerade eine Krawatte mit Schmetterlingsmuster überreicht, entfuhr es Emil Häberle: »Schmetterlinge, wie passend.«

»Wieso?«

»Weil ich Schmetterlinge im Bauch habe.«

»Wie bitte? Ich verstehe nicht.«

»Na ja, Schmetterlinge eben. Ich bin verliebt!«

Neffe Holger ließ sich plumpsend aufs Sofa fallen.

»Verliebt? Du? In deinem Alter?«

Er lachte ungläubig und höhnisch.

»Ja«, erwiderte Emil Häberle trotzig. »Elfchen, also Elfriede, ist wundervoll. Und wir werden heiraten.«

Diese Nachricht war mir, dem Vierbeiner, neu. Ich lugte zwischen meinen Pfoten hervor und sah direkt in Holgers Gesicht, von ihm unbemerkt. Ich konnte in diesem Gesicht lesen, und ich las darin eine deutliche Botschaft, denn Hunde beherrschen eine andere Lesart als Menschen. Zunächst spiegelte dieses Gesicht das blanke Entsetzen, die Angst, das schöne fette Erbe zu verlieren, und dann den Entschluss, dieses Erbe um jeden Preis zu halten. Der Neffe schien sich zu fassen, raffte sich gar zu einem hastig gestammelten »Gratuliere, Onkel. Tut mir leid, meine Reaktion von eben« auf. Und er fügte hinzu: »Wie schön für dich. Viel Glück.«

Den Kaffee und den Kuchen, von Emil Häberle serviert, nahm er eilig zu sich, und ungewohnt früh verabschiedete er sich. »Muss noch Papierkram erledigen fürs Geschäft. Nächstes Mal bleibe ich länger, Onkel Emil.«

Dieser Mensch, das ahnte ich, hegte einen Plan. Und dieser Plan war kein freundlicher, das ahnte ich auch. Ich nahm mir vor, noch wachsamer zu sein, als mein Naturell es verlangte. Von meinem Herrchen Schaden abzuwenden, das war mein Bestreben. Ich wartete und wachte, doch es geschah nichts. Alles nahm seinen gewohnten Lauf: die Spazierrunden im Waldpark und am Rhein entlang, die obligaten Teestündchen, die Besuche vom Neffen Holger, pünktlich jeden ersten Sonntag des Monats.

Höflicher als je zuvor gebärdete sich der Neffe, doch gerade hinter dieser Höflichkeit lauerte die Tücke, die Gefahr. Arglos stellte Emil Häberle dem Neffen die Herzallerliebste vor, Elfriede Eschwey.

»Und dies ist der edle Spender meiner schönen Schmetterlingskrawatte, auch des Herrenparfums, das du an mir so magst, liebes Elfchen.«

Elfchen war entzückt, den spendablen und aufmerksamen jungen Mann endlich persönlich kennenzulernen.

»Und der Spender der Salatschüsseln und der Filzpantoffeln, nicht zu vergessen«, scherzte Neffe Holger.

Es war ein amüsantes Kaffeetrinken, aber hinter dem harmonischen Schein sah ich die nackte, böse Wahrheit. Das Paar sollte eingelullt werden, damit das Werk gelingen konnte. Der auf das soeben beschriebene harmonische Treffen folgende Neffenbesuch fand ohne Elfriede Eschwey statt, denn sie besuchte ihre Schwester.

Holger erschien diesmal wieder mit einem Krawattengeschenk.

»Tulpen, Narzissen, Primeln, Frühlingsblumen. Zu deinen Frühlingsgefühlen passend«, säuselte Holger.

»… und mit Vögeln …«, fügte er hinzu und lachte dabei anzüglich. »Komm, wir probieren die Krawatte gleich mal aus.«

Emil Häberle hatte, seitdem er verliebt war, die liebe Gewohnheit angenommen, Krawatten zu tragen, am liebsten die mit dem Schmetterlingsmotiv.

»Mal eine Abwechslung, nicht immer das gleiche Muster«, sagte Holger.

Er trat hinter Emil Häberle, schlang ihm die Krawatte um den Hals. Ich meinte, mein Herz müsse stehenbleiben. Nun passiert es, dachte ich. Nun führt er seinen teuflischen Plan aus. Ich war auf dem Sprung, ich knurrte warnend.

»Dummes Vieh«, zischte Holger zu mir hinunter.

Nichts geschah weiter. Ob ich in diesem Moment Emil Häberle das Leben gerettet hatte? Ich möchte es gerne annehmen, aber tiefe Zweifel quälen mich noch immer. Zweifel und Vorwürfe, dass ich mein Herrchen in den folgenden Tagen nicht besser bewachen konnte.

Exakt vier Wochen nach der Frühlingskrawattenepisode erschien Neffe Holger pünktlich zum Kaffee. Diesmal brachte er keine Krawatte mit, überhaupt schien er ausnahmsweise auf ein Geschenk für den lieben Erbonkel verzichtet zu haben. Dafür hatte Holger an diesem Sonntag einen Aktenkoffer dabei, den er auch während der Kaffee- und Kuchenzeremonie neben seinem Stuhl abstellte und nicht aus den Augen ließ.

»Wo ist eigentlich Elfchen?«, fragte der Neffe schmeichlerisch.

»Elfchen ist wieder mal bei ihrer Schwester. Die beiden besuchen sich oft. Sie wird erst morgen zurück sein.«

Meine Ohren nahmen wahr, was den Ohren meines Herrchens völlig entging: den Seufzer der Erleichterung, der sich bei dieser Mitteilung Neffe Holgers Brust entrang.

Nachdem er seine Lieblingstorte verzehrt hatte, Schokolade-Kirsch-Marzipan, vom gutmütigen Onkel Emil extra in der feinsten Konditorei der Gegend besorgt, packte er plötzlich seinen Aktenkoffer, ließ das Schloss aufschnappen, holte etwas heraus und sprang zu Onkel Emil hinüber, der sich vor Schreck an seinem Stück Frankfurter Kranz verschluckte. Die Situation nutzend, hantierte Neffe Holger an einem Gerät, das ich entsetzt als Spritze wahrnahm.

»Nun mein Überraschungsgeschenk, lieber Onkel. Nicht umsonst war ich eine Zeitlang Krankenpfleger. Ein kleiner Pieks nur, schmerzlos, ein unsichtbarer Stich, und das schlaue Elfchen wird sich dein Vermögen, will sagen: mein Vermögen, nicht aneignen.«

Ich musste mein Herrchen retten. Ich, der ich eigentlich nicht wusste, was beißen heißt, sprang am Hosenbein des teuflischen Neffen hoch und biss ihm tief ins Fleisch, was mich eine grenzenlose Überwindung kostete. Der Neffe brüllte vor Schmerz laut auf, doch er war schneller als ich gewesen. Die tödliche Spritze war verabreicht. Emil Häberle stürzte mit einem dumpfen Aufprall zu Boden.

»Und nun bist du an der Reihe, du Bestie«, schrie der Mörder. Er kramte in seinem Koffer, um auch für mich eine Spritze vorzubereiten. Ich nutzte die Verzögerungspause, um ins Bad zu flüchten.

Es gab da eine Art Verschlag zwischen Badewanne und

Waschbecken, wo ich mich in meiner Todesangst versteckte. In diesem Moment klingelte es an der Tür, schrill und mehrmals.

Die folgenden Geschehnisse sind, wenn ich es recht bedenke, immer noch ein Rätsel für mich, mehr noch, sie grenzen an ein Wunder. Die Tür zum Bad wurde aufgerissen, und ich dachte, nun habe mein letztes Stündlein geschlagen. Im nächsten Moment landete genau vor meinen Vorderpfoten etwas in dem Verschlag, in welchem ich zitternd kauerte und auf den Tod wartete. Es war der Aktenkoffer des Neffen. Das Badezimmerfenster wurde geöffnet, es polterte, dann Stille. Der Mörder ist geflohen vor dem unbekannten Besucher, so ging es schnell durch meinen Kopf.

Ich rannte zum Eingang, wo der Besucher immer noch Sturm läutete. Von draußen ertönte eine Frauenstimme, die zu sich selbst sprach:»Ach, bin ich dumm, er hat doch einen Schlüssel neben dem Eingang deponiert.«

Es war Elfchens Stimme.

Ich bellte laut und verzweifelt, mein Bellen ging in jämmerliches Winseln über.

»Ja, Elvis, gleich, mein Lieber. Ich hole schnell den Schlüssel. Warum öffnet keiner? Ist was passiert?«

Zur Bestätigung der letzten Frage wiederholte ich mein Kläffen, das nun in jammervolles Geheule und Gejaule überging.

Die Tür wurde aufgeschlossen, Elfchen kam hereingestürzt, lief die Treppe hinauf und ins Wohnzimmer, und ein schrecklicher Schrei ertönte. Elfchen hatte den toten Geliebten entdeckt. Sie rannte zum Telefon und rief die Notambulanz an.

Ein Sanitäter und ein junger Notarzt kamen sehr bald.

»Exitus«, konstatierte der Notarzt, doch der Anblick der schluchzenden Frau und des winselnden Hundes ließen ihn seine Routine vergessen und entlockten ihm die Worte:»Es tut mir leid. Ein Herzschlag, wie es aussieht. Er war auch schon älter, der Herr. Da ist das normal.«

Zum Sanitäter gewendet sagte er:»Schreiben Sie in den Bericht: eines natürlichen Todes gestorben. Herzversagen.«

Nun konnte ich nicht länger an mich halten. Wenn ich mein Herrchen schon nicht hatte retten können, so sollte doch wenigstens die perfide Tat nicht ungesühnt bleiben. Der schurkische Neffe sollte bestraft werden.

Ich lief ins Badezimmer, kam mit dem Aktenkoffer im Maul zurück, stellte ihn vor den Füßen der beiden Männer ab.

Dann legte ich mich vor mein totes Herrchen und leckte die Stelle an seinem Handgelenk mit dem winzigen Einstich, immer und immer wieder.

»Er will uns was sagen«, stammelte Elfchen unter Schluchzen.»Er ist ein solch kluger Hund. Sehen Sie doch mal in den Koffer.«

Der Notarzt rief beim Öffnen des Koffers:»Ein Kollege. Jemand mit einer Spritze …«

»… hat da nachgeholfen«, ergänzte der Sanitäter.»Da ist die Einstichstelle. Schauen Sie mal, Herr Doktor.«

Der Arzt kramte gerade in dem Aktenkoffer und pfiff durch die Zähne. Er hielt eine Ampulle in der Hand.

»Skopolamin. Absolut tödlich. Sauber, dieser Herr Kollege.«

Er prüfte das Handgelenk meines toten Herrchens und kraulte mir dann das Fell.

»Kluger Hund.«

So sehr mich das Kompliment freute, ich war noch nicht am Ende mit meiner Detektivarbeit. Ich hatte ja noch andere Indizien zu liefern. Ich sauste ins Bad und kläffte, bis die drei Menschen mir folgten. Da lag die Krawatte auf einem Hocker, die neue Frühlingskrawatte mit den Tulpen und Krokussen, und daneben stand das Herrenparfüm. Ich schubste die beiden

Geschenke des Neffen mit der Schnauze vom Hocker. Das Parfümflakon zerschellte auf den Fliesen des Badezimmers und verströmte einen penetranten Geruch.

»Der Neffe ... Holger ... der nette Neffe ...«, sagte Elfchen tonlos, voller Staunen, ungläubig fast. »Ist es das, was du mir sagen willst, Elvis?«

Ich wedelte heftig mit dem Schwanz und sprang an der Badewanne hoch, kläffte zu dem offenstehenden Fenster hinauf.

»Da ist ja Blut«, rief der Sanitäter aus. »Frisches Blut. Da ist einer getürmt und hat sich verletzt.«

»Der Mörder, ja«, sagte der junge Notarzt. Elfchen setzte sich auf den kleinen Hocker und flüsterte wie zu sich selbst: »Ja, es ergibt Sinn.« Nach einer Weile fügte sie hinzu: »Es ergibt Sinn und auch wieder nicht.«

Die Männer verstanden nichts, doch Elfchen war zu keiner weiteren Aussage mehr zu bewegen. Zu groß war der Schock über beides: über den Tod und vor allem die Art des Todes ihres geliebten Mannes. Ja, ich habe mich nicht versprochen. Emil und Elfchen hatten tags zuvor geheiratet und wollten den Neffen mit der freudigen Nachricht überraschen. Daher auch die Notlüge, Elfchen sei bei ihrer Schwester.

Als der mörderische Neffe, den seine Blutspuren und Fingerabdrücke eindeutig überführten, von Emils und Elfchens Geheimnis erfuhr, lachte er nur kurz auf. Es war das bittere Lachen eines Menschen, der wegen eines Erbes gemordet hatte, das ihm gar nicht mehr zustand.

Es bleibt nur noch zu sagen, dass Elfchen und ich, wir beiden Hinterbliebenen, unzertrennliche Freunde wurden. Emil aber, der ein Geheimnis einen Moment zu lange bewahrt hatte, blieb unvergessen.

Ein Fall für »Hund«

Diese Geschichte ist eine Hommage an Peter Falk alias Inspektor Columbo

Hunde heißen Bello und Waldi, Ajax, Hasso und Struppi, Purzel und Benny, Wotan und Kolja, Lara, Leila und Kira, Balou und Ronja, Lennie und Elvis, Radar und Nadou, Leo und Lola, Danka, Fee und Chico, Tom und Puck, Momo und Maja, Snoopy, Nicki, Mike und Mäxchen, Tomba und Tigra, Filippo und Lisa, Bastian und Rajan, Hexi und Henry.

Doch welcher Hund heißt schon »Hund«?

Mein Herrchen hat mich so getauft, und wenn er liebevoll nach mir ruft, kann ich mir keinen schöneren Namen vorstellen. Er arbeitet als Lieutenant bei der Mordkommission des Los Angeles Police Department.

Haben Sie schon einmal von ihm gehört? Ach ja, Sie nicken. Ganz richtig: Im deutschen Fernsehen ist er als Inspektor Columbo bekannt geworden.

Mein Herrchen nimmt mich gerne in seinem Wagen mit, wenn er seine Besuche macht. Seine Besuche sind keine normalen Besuche, sondern Befragungen von Zeugen und Verdächtigen, wenn ein Mord passiert ist. Meist hat mein Herrchen von Anfang an eine Person im Visier, er lässt nicht locker, bis er diese Person überführt hat, und sein Instinkt lässt ihn selten oder nie im Stich.

Das Komische daran ist: Im Film kennen die Zuschauer den Täter schon. In einem Vorspann wird der Hergang des Mordes gezeigt und die Zuschauer können beobachten, wie mein Herrchen den Täter überführt. Das ist die Kunst, das ist das Spannende. Mein Herrchen und ich, wir tappen noch im Dunkeln oder tun so, als tappten wir im Dunkeln, das macht die Täter sicher, zu sicher, und sie verraten sich.

Schon bei *Macbeth* heißt es: *Security is mankind's chiefest enemy.* Der größte Feind des Menschen ist die Sicherheit, das Gefühl, absolut sicher zu sein.

Wie der Fisch an der Angel, so zappelt die verdächtige Person an der Angel von Inspektor Columbo, und es ist sein größter Vorteil, dass mein Herrchen so zerstreut wirkt, so tapsig und schmuddelig und sogar ein bisschen vertrottelt.

Vielleicht verstehen Sie nicht gleich, was ich damit meine, aber wenn ich Ihnen nun vom Mordfall Olivia Charlton-Wolfe erzähle, den Sie garantiert noch nicht kennen, wird Ihnen ein Licht aufgehen.

Diesen Mordfall hätte mein Herrchen ohne mich, so möchte ich behaupten, nie alleine lösen können oder zumindest nicht so schnell. Es begann alles am 27. Juli 1979. Inspektor Columbo saß gerade an seinem Büroschreibtisch und gestattete sich eine Zigarre. Der Ventilator machte einen Höllenlärm.

Es war Saure Gurken-Zeit im Police Department von Los Angeles. Bei der brütenden Hitze schienen sogar die Verbrecher eine Ruhepause einzulegen. Ich durfte, da sich fast das ganze Kommissariat in Urlaub befand, ausnahmsweise mein Herrchen ins Büro begleiten.

Als echter Basset bin ich bei großer Hitze eher träge, nicht umsonst heißen diese Tage »Hundstage«. Ich war an jenem Sommertag so träge wie die bösen Jungs und die bösen Mädchen, die an Hundstagen viel lieber am Strand liegen, sich im

Wasser tummeln, flirten, Eis essen und kühle Drinks zu sich nehmen als herumzuschießen, zu rauben und zu morden.

Columbo schob mir einen Knochen aus Büffelhaut zwischen die Pfoten und lehnte sich genüsslich, seine Zigarre paffend, in seinem Bürosessel zurück und nahm einen großen Schluck seines geliebten Kaffees, ohne den er auch an heißen Tagen nicht auskam.

Plötzlich schrillte das Telefon, das auf dem Schreibtisch stand.

»Oh, oh, da bin ich aber erstaunt. So jung. So schön. So berühmt. Und tot? Ich bin in einer Viertelstunde da.«

Mehr erfuhr ich nicht, und meine Neugierde war geweckt. Ein neuer Mordfall, eine junge schöne Frau, eine Berühmtheit? Ein Filmstar? Ein Model? Eine Künstlerin?

Mein Herrchen nahm mich an die Leine und schnappte seinen zerknitterten alten Trenchcoat – wie zerstreut er wieder war. Wer brauchte schon einen Trenchcoat bei dieser Bullenhitze? Und schon saßen wir beide im alten Peugeot. Der graue Peugeot 403, meine Ersatzhundehütte. Wie ich diesen Wagen liebte!

Mit dem üblichen Geknatter und Getöse startete meine Hundehütte, will sagen: Columbos Auto, und es ging zur Stadt hinaus, über einen schwindelerregenden Serpentinenweg das Meer entlang zum Strand hinunter. An einer Villa, die mitten in einem Pinienhain stand, hielt mein Herrchen brüsk an.

Es waren schon einige Fotografen da, Polizisten, Leute von der Spurensicherung.

Alle waren so hektisch, dass niemand, auch mein Herrchen nicht, merkte, dass ich dicht hinter ihm ins Haus schlich. Ich legte mich unter einen Diwan, der mit rosa, lila und türkisfarbenen riesigen Satinkissen bestückt war. Ich lugte unter dem Diwan hervor, die Neugierde brachte mich schier um. Der

Salon befand sich im ersten Stock, nachdem man eine gewundene Treppe mit schmiedeeisernem Geländer hinaufgegangen war.

Auf dem Teppich vor dem offenen riesigen Kamin, der aus groben Steinen gemauert war, nicht weit vom Diwan entfernt, lag eine junge Frau mit einer wunderschönen Figur. Sie trug ein Bikini-Oberteil und dazu um die Hüften seitlich geknüpft eine Art Fransentuch aus babyrosa Seide. Eine der beiden Sandalen mit Keilabsatz hatte sich vom Fuß gelöst. Die schöne junge Frau trug das pechschwarze, gelockte Haar offen. Eine merkwürdige grellorange Kette schmückte ihren Hals. Das Orange der Kette passte nicht zur restlichen Garderobe der Frau.

Ein Mann kniete vor der Leiche und machte sich prüfend an der Halskette zu schaffen. Der Gerichtsmediziner? Er trug keinen Arztkittel, sondern Sportkleidung. Seltsam. Da sah ich, dass die Halskette ein Strick war und dass das Gesicht der Toten bläulich angelaufen war. Mein Herrchen sprach den Arzt, der offensichtlich neu im Amt war, an, und wurde von diesem sehr spöttisch gemustert. Columbo hatte offenbar noch nicht gemerkt, dass der Mann keinen Arztkittel trug. Der Mann im Sportoutfit fragte mein Herrchen in geradezu beleidigendem Ton, was er am Tatort zu schaffen hatte, und mit einem abschätzigen Blick auf sein wirres Haar und sein unordentliches Hemd, das an einer Seite aus der Hose gerutscht war, sagte er, Landstreicher hätten hier in dieser Villa doch wohl nichts verloren. Wortlos zog Columbo seinen Ausweis aus der Gesäßtasche und hielt ihn dem unverschämten Menschen unter die Nase.

Dieser zog die Augenbrauen hoch und statt sich zu entschuldigen, schnauzte er Columbo an, er solle gefälligst seinen Glimmstängel ausmachen, ob er nicht wisse, dass dieses Höllenkraut krebserregend sei.

»Ich will nicht hundert Jahre alt werden«, erwiderte Columbo und lächelte dabei.

»Aber ich«, konterte der Arzt. »Als Passivraucher kriege ich das Gift ebenso ab wie Sie.«

Zögerlich stellte er sich als Dr. Douglas F. Halifax vor, der neue Gerichtsmediziner im Los Angeles Police Department. Columbo stupste seine Zigarre aus und blies dem frechen Dr. Halifax eine dicke Rauchwolke ins Gesicht. Der Herr Doktor schnaubte indigniert, schwieg jedoch.

»Wer hat Sie alle alarmiert?«, wunderte sich Columbo. »Sie waren aber fix am Tatort.«

»Ich habe die Leiche gefunden, beziehungsweise ich wurde um Hilfe gebeten von dieser Haushälterin, als ich zufällig hier vorbeijoggte. Als Privatmann und nichtsahnend, natürlich.«

»Wie schön, so ein Zufall«, sagte Columbo lakonisch. »Wo ist die Haushälterin jetzt?«

»Die war total hysterisch und wird von einer Polizistin beruhigt. Ob sie in der Küche ist, wo sie hingehört?«, fügte der Arzt zynisch hinzu.

Columbos Blick traf den Herrn Doktor, und ich kannte diesen Blick zur Genüge. Ich merkte instinktiv, dass mein Herrchen ihn im Visier hatte, ihn verdächtigte, den sauberen Dr. Halifax, und dass er nicht lockerlassen würde, bis er ihn zappelnd an der Angel hätte und letztendlich erledigen würde.

Da kam auch schon eine junge Polizistin die Treppe hinaufgegangen, behutsam führte sie eine rundliche ältere Frau am Arm, die ununterbrochen schluchzte und händeringend »Mamma Mia, Heilige Mutter Gottes, arme, arme Miss Olivia« rief.

»Jetzt hören Sie mit dem Gejammer auf. Davon wird Olivia auch nicht mehr lebendig.«

Ich spitzte die Ohren, und ich bemerkte, wie auch Columbo,

der gerade am Boden neben der Toten kniete, verwundert zu Dr. Halifax aufblickte.

Er stand auf, führte die weinende Frau zum Diwan hin und sagte: »Liebe, liebe Mrs. ...«

»Costello, Maria Costello«, schluchzte sie.

»Also, liebe Mrs. Costello, beruhigen Sie sich doch bitte.« Und er reichte ihr ein Taschentuch, das nicht das Sauberste war, womit Mrs. Costello jedoch die Tränen von ihren Wangen abtupfte. Dr. Halifax beobachtete die Szene mit spöttischem und angeekeltem Gesichtsausdruck.

»Die arme, arme Miss Charlton-Wolfe«, seufzte Mrs. Costello. Olivia Charlton-Wolfe, natürlich, ich hätte sie erkennen müssen, sie war die Heldin in Mrs. Columbos Lieblingssoap, die wir jeden Samstagnachmittag zusammen anguckten. Aber ihr Gesicht war im Fernsehen nie so blau gewesen.

Als könne mein Herrchen Gedanken lesen, sagte er: »Ach, da wird Mrs. Columbo aber traurig sein, wenn sie erfährt, dass ihre Lieblingsschauspielerin tot ist. Kaltblütig ermordet von einem gemeinen, niederträchtigen Killer.«

»Kennen Sie den Täter bereits?«, fragte Dr. Halifax mit einem mokanten Lächeln.

»Vielleicht. Vielleicht auch nicht«, entgegnete Columbo.

Dann schaute er sich um.

»Ach, diese herrliche Villa am Meer ist ein Traum. Und all diese wundervollen Gemälde an den Wänden. Und doch: Nichts von alledem konnte sie mitnehmen, die schöne junge Frau.«

Er deutete begeistert auf eines der Gemälde.

»Das muss ich Mrs. Columbo erzählen, dass es hier sogar den *Sunset on the Beach* gibt. Von James Jameson, dem Modekünstler aus San Francisco. Erst letzte Woche hat sie das Bild kopiert.«

»Ihre Frau malt?«, wollte Dr. Halifax wissen.

»Ja, Mrs. Columbo ist eine wahre Künstlerin. Sie macht immer dieses Malen nach Zahlen«, erwiderte Columbo stolz.

Dr. Halifax bog sich vor Lachen, wollte sich nicht mehr beruhigen. »Was Sie nicht sagen! Malen nach Zahlen. Hat sie schon einmal, hat sie schon einmal ...« er japste nach Luft, »ihre Kunstwerke ausgestellt?«

»Ja, beim Basar für unmündige Waisen in unserer Gemeinde zum Barmherzigen Benedikt. Ein großer Erfolg.«

Dann sagte er seelenruhig, ohne sich um das Prusten des Dr. Halifax zu kümmern.

»Nun sollten wir uns aber doch der armen Leiche zuwenden.«

Dr. Halifax verstummte jäh.

»Wie lange denken Sie als Experte, lieber Doktor, ist die Frau schon tot?«

Wie aus der Pistole geschossen kam die Antwort: »Seit sechseinhalb, wenn nicht sogar seit siebeneinhalb Stunden. Sie muss erdrosselt worden sein, als ich selbst noch in der Hotelbar mit dieser rothaarigen Frau schäkerte, also kurz nach dem Mittagessen, das ich mit all den anderen Gästen zusammen einnahm. Dann ging ich auf mein Zimmer, zog meine Sportklamotten an und machte meine tägliche Joggingrunde.«

Columbo runzelte die Stirn, und ich wusste, warum. Dieser Dr. Halifax schien sich selbst ein Alibi geben zu wollen. *Wer sich entschuldigt, der klagt sich an*, so heißt es doch in einem Sprichwort der Menschen? Hatte er ein schlechtes Gewissen? Wollte er sich absichern, den Inspektor einlullen?

Columbo fuhr sich durch das sowieso schon zerzauste dichte Haar und bemerkte voller Bewunderung: »Da habe ich doch ein Glück, einen solch erfahrenen, routinierten, intelligenten Mediziner an meiner Seite zu haben. Wir werden blendend zusammenarbeiten in Zukunft, wir beide.«

Dr. Halifax registrierte Columbos Worte mit sichtlichem Wohlgefallen.

»Lebte Miss Charlton-Wolfe alleine?«, fragte Columbo die Haushälterin, die sich mittlerweile etwas beruhigt hatte und still und mit im Schoß gefalteten Händen auf dem Diwan saß. Die nette Polizistin stellte einen Tee, den sie auf Columbos Geheiß für Mrs. Costello zubereitet hatte, auf das kleine Beistelltischchen.

»Da gab es hin und wieder mal einen Mann in ihrem Leben. Herrenbesuche. In allen Ehren«, sagte Mrs. Costello nach einigem Zögern.

Ich lugte unter dem Diwan hervor, immer noch unbemerkt von den Anwesenden, und studierte das Mienenspiel von Dr. Halifax. Beim letzten Satz der Haushälterin überzog zunächst ein Ausdruck von großer Amüsiertheit seine Miene, doch dieser Ausdruck wandelte sich plötzlich in offene Wut, ja Verachtung. Eifersüchtige gucken so, dachte ich. Diesen Ausdruck, eine Mischung aus Neid, verletzter Eitelkeit und Minderwertigkeitsgefühl, den Eifersüchtigen selbst nicht bewusst, hatte ich bei Menschen schon oft bemerkt. Wenn mich nicht alles täuschte, war dieser Dr. Halifax einer der Liebhaber der schönen Miss Olivia, aber er wollte sie für sich allein. Mir entgingen weder das Mienenspiel noch die geringste Geste des Eifersüchtigen. Er ballte seine beiden Hände zu Fäusten, bis die Knöchel weiß anliefen. So musste er die Schlinge zugezogen haben, mit der Kraft und der Wut des eifersüchtigen Mannes.

»Wann haben Sie Ihre Herrin aufgefunden, Mrs. Costello?«, fragte Columbo.

»Um sechzehn Uhr dreißig. Ich war gegen fünfzehn Uhr zum Einkaufen in die Stadt gefahren, und als ich zurückkam, fand ich sie ...«

Mrs. Costello begann erneut zu schluchzen. Sie drückte Columbos Taschentuch vor die Augen.

Columbo räusperte sich und murmelte:»Also vor etwa zweieinhalb Stunden?«

Er kratzte sich und murmelte nur:»Ja, ja, ja. Dachte ich mir doch.«

Dr. Halifax, leicht verärgert, sah Columbo an, dessen Gedanken er gerne erraten hätte.

»Wann haben Sie Ihre Herrin zum letzten Mal lebend gesehen?«

»Das war um elf Uhr früh. Ich brachte ihr den morgendlichen Diät-Tee und sie führte gerade ein Telefongespräch. Das war hier im Zimmer.«

»Haben Sie verstanden, wer am Telefon war?«

»Ja und nein, sie sagte nur immer Liebster, Liebster, Frankie, nein, das verstehst du falsch. Es ist nicht so, wie du denkst.«

»Wissen Sie, wer dieser Frankie ist?«

»Nein, diesen Namen hatte sie nie vorher genannt.«

»Erschien Ihnen Miss Charlton-Wolfe sehr viel anders als sonst?«

»Ja, schon, sie schien mir sehr verängstigt. Sie sagte noch: Okay, dann komm um die Mittagszeit vorbei, ich bin zuhause.«

»War da ein Besucher um die Mittagszeit?«

»Nein, bestimmt nicht. Ich hätte es gemerkt. Ich führe alle offiziellen Gäste ins Haus.«

»Die offiziellen Gäste?«, Columbo ließ nicht locker.»Gab es denn auch inoffizielle Gäste?«

»Na ja, schon ab und zu. Manche der Herren hatten einen Schlüssel.«

»Und diese auserwählten Herren kamen durch den Hintereingang ins Haus, unbemerkt von Ihnen, Mrs. Costello?«

Mrs. Costello, ganz die loyale Bedienstete, sagte zögerlich: »Ja, das konnte schon passieren.«

»Wo waren Sie um die Mittagszeit, Mrs. Costello?«

»In der Küche, wie immer um diese Zeit.«

»Und Sie brachten ihr nicht das Essen aufs Zimmer oder riefen sie zum Essen?«

»Nein, jetzt fällt es mir ein. Miss Olivia wimmelte mich ab, sie habe keinen Hunger und wolle einen Schönheitsschlaf machen. Und ich solle bitte die Wäsche bügeln.«

»Sie hat Sie abgewimmelt, um mit ihrem Liebsten oben ungestört zu sein?«

»Jetzt, wo Sie es sagen, denke ich ... ja, vielleicht, aber da niemand geschellt hat ...« Mrs. Costello ließ den Satz unvollendet.

»Und er hat sie umgebracht, während ich unten seelenruhig putzte, die Wäsche bügelte ... und ich war schuld, ich hätte Verdacht schöpfen müssen«, schluchzte sie erneut. »Mamma Mia. Mamma Mia.«

»Ach nein, liebe Mrs. Costello, aber nein«, beschwichtigte Columbo. »Sie trifft keine Schuld.«

»Sondern diesen Schurken, der Olivi... der Miss Charlton-Wolfe kaltblütig erdrosselt hat«, warf Dr. Halifax triumphierend ein.

»Vor wie vielen Stunden wurde sie Ihrer Meinung nach getötet?«, fragte Columbo.

»Vor sechseinhalb bis siebeneinhalb Stunden. Sagte ich doch schon. Wenn das Telefonat um elf Uhr stattfand, ergibt das Sinn. Der Kerl flitzt in seinem schnellen roten Flitzer hierher, schleicht sich die Treppe hoch, erdrosselt Miss Olivia Charlton-Wolfe.«

»Woher wissen Sie, dass der Mörder einen roten Flitzer fuhr?«

»War nur so eine Idee. Bestimmt so ein reicher Fatzke. Die fahren doch alle solche roten Flitzer.«

»Mir kommt die Leiche noch recht frisch vor, würde ich als Nichtmediziner behaupten. Ich würde auf etwa drei bis vier Stunden tippen. Ich meine, sie ist noch keine vier Stunden tot.«

»Ha, wer ist der Experte, Sie oder ich? ›Recht frisch‹, wie unprofessionell!«

Dr. Halifax strich sich nervös sein Joggerhemd glatt. Komisch sah er aus in seinen Sportklamotten, fand ich.

»Schon gut, schon gut«, meinte Columbo. »Ich gebe Ihnen ja Recht. Der Mörder kam um die Mittagszeit, schlich sich heimlich ins Haus, es gab einen Streit. Haben Sie einen Wortwechsel zwischen Miss Olivia und einem Mann gehört, Mrs. Costello?«

»Natürlich nicht, sonst wäre ich doch nach oben gegangen.«

»Und hätten gehorcht, stimmt's?«, sagte Dr. Halifax hämisch.

»Das machen doch alle Domestiken. An den Türen horchen.«

»Nein, Mrs. Costello hätte sich Sorgen gemacht ... stimmt's, Mrs. Costello?«

»Stimmt. Sie sind ein netter Polizist«, sagte sie zu Columbo.

»Ein sehr netter. Danke.«

»Erzählen Sie doch bitte, wie das war, als Sie vom Einkaufen zurückkamen, Mrs. Costello.«

»Also, es war gegen halb fünf, ich stellte meine Sachen ab und rief dann nach Miss Olivia, um ihr zu sagen, dass ich zurück sei. Es war auch Zeit für ihren Diät-Tee, den sie um diese Zeit gerne zum zweiten Mal zu sich nahm. Und sie hatte ja nichts gegessen. Die Siesta musste lange vorbei sein. Als ich nichts hörte, keine Antwort bekam, wurde ich unruhig. Ihr Wagen war in der Garage, sie musste also zuhause sein. Ich ging die Treppe hoch, rief noch einmal. Wieder regte sich nichts. Ich klopfte an. Keine Antwort, kein Laut. Ich öffnete die Tür und ... da lag sie ... wie Sie sie hier sehen. Sie war tot, das sah ich, aber ich rannte wie besessen die Treppe hinab, zum Haus hinaus, da kam dieser ... dieser Herr. Ich rief, wir brauchen Hilfe, meine Herrin braucht Hilfe, er schimpfte über meine Aufregung und sagte, er sei Arzt. Sogar Arzt bei der Polizei. Zufällig hier, um sich das Wochenende über auszuspannen. Zusammen gingen wir hoch, er trug mir auf, die Polizei anzurufen, gab mir eine Nummer. Dann kamen die Leute von der Polizei, die nette junge Polizistin, die Leute von der Zeitung. Ich weiß nicht weshalb, aber ich habe sie nicht angerufen. Später sind Sie dann gekommen, Herr Inspektor.«

Columbo schien nicht richtig zugehört zu haben, nuschelte gedankenverloren: »Sie haben mir sehr geholfen, Mrs. Costello, danke. Sie können, glaube ich, nun wieder an Ihre Arbeit gehen oder sich ausruhen.«

Er kniete auf dem Boden neben der Toten, hob das rechte Handgelenk der Toten ein wenig hoch, kratzte sich am Kinn.

»Komisch«, sagte er. »Komisch.« Dann schwieg er.

Dr. Halifax fragte unruhig: »Was ist komisch?«

»Meine Frau hat das gleiche Amulett. Aber bei diesem hier fehlt das Wesentliche.«

»Das Wesentliche?«, fragte Dr. Halifax gereizt.

»Das vierblättrige Kleeblatt. Es ist ein Glücksbringer. Das fehlt, es ist wahrscheinlich im Eifer des Gefechts abgegangen. Miss Olivia hat sich wohl gewehrt. Der Mörder müsste Kratzspuren haben. Und dieses Kleeblatt. Ach ja, ich habe Mrs. Columbo dieses Amulett zum zehnten Hochzeitstag geschenkt. Es war ein Sonderangebot bei Woolworth. Mrs. Columbo trägt es Tag und Nacht.«

»Bei Woolworth. Für drei Dollar? Dieses hier hat siebentausend Dollar gekostet. Vom besten Juwelier in New York.«

»Ach, Sie kannten Miss Olivia Charlton-Wolfe?«

»Nein, natürlich nicht. Aber ich habe einer Verflossenen einmal solch ein Armband geschenkt. Aus Platin, für siebentausend Dollar.« Er lachte verächtlich: Völlig unbeeindruckt von der Häme des netten Doktors, rutschte Columbo auf den Knien herum und tastete den Boden ab.

»Es muss doch irgendwo sein, das Kleeblatt. Fingerabdrücke des Mörders müssten drauf sein. Na ja. Später. Ich gehe nun erst mal ins Präsidium zurück und mache mir einige Aufzeichnungen. Die grauen Zellen müssen kurz entspannen, um dann umso besser zu funktionieren. Dieser Fall ist schwierig.«

Er sah unter den Diwan und erblickte mich.

»Hund, liebster Hund«, rief er erstaunt. »Warum bist du nicht in der Hundehütte? Im Peugeot, meine ich.«

Der Arzt schrie ungehalten: »Tun Sie sofort Ihren Köter hier weg. So eine Pietätlosigkeit angesichts einer Toten. Ein Hund!«

Columbo nahm mich wortlos am Halsband und führte mich hinaus. Mrs. Costello begleitete uns das Treppenhaus hinunter und ging in die Küche. Dr. Halifax war oben geblieben. Er musste wohl noch einige Untersuchungen vornehmen, bevor die Tote in die Gerichtsmedizin gebracht werden konnte.

Am Auto angekommen, setzte ich mich auf die Rückbank, würgte ein wenig und spuckte es aus, das Glücksklee-Anhängerchen, das ich unterm Diwan gefunden hatte.

»Hund, mein lieber Hund«, rief Columbo überglücklich. Er nahm das Amulett. »Komm mit, komm ausnahmsweise mit.«

Wir liefen an der verblüfften Mrs. Costello vorbei, die gerade aus der Küche kam, und hasteten die Treppenstufen hinauf. Dr. Halifax war nicht darauf gefasst gewesen, dass mein Herrchen immer noch einmal zurückkommt. Er war ganz allein im Raum und kniete auf dem Boden, kramte unter dem Diwan. Auch die Schublade des Nachttisches war geöffnet, ein Büchlein lag auf dem Glas des Nachttisches. Dieses Büchlein hatte vorher noch nicht da gelegen.

»Suchen Sie dies hier?«, fragte Columbo.

Er zeigte dem sprachlos vor sich hinstarrenden Dr. Halifax den Glückskleeanhänger.

»Das ist nicht der von Woolworth. Nicht der von Mrs. Columbo. Dieser hier ist aus Platin«, sagte Columbo.

Er ging zum Nachttischchen, öffnete das Tagebuch, blätterte darin, las halblaut vor:

... darf Douglas nicht wissen, dass ich mich verliebt habe. Er ist so eifersüchtig, und manchmal macht er mir Angst. Er hat so eine Kälte, die vielleicht mit seinem Beruf als Gerichtsmediziner zu tun hat. Er wollte in der Mittagspause vorbeikommen, aber er ist nicht erschienen. Nun mache ich erst einmal eine Siesta.

»Und hier, wohl der letzte Eintrag«, fuhr Columbo fort:

Mrs. Costello ist vor einer guten halben Stunde aus dem Haus gegangen, um Besorgungen zu machen. Frankie ist immer noch nicht erschienen. Vielleicht gehe ich ein wenig zum Strand runter, wer weiß, vielleicht begegne ich ihm beim Joggen. Doch da kommt jemand die Treppe herauf.

Ja, es war so: Sie sind die Treppe heraufgekommen, das war gegen halb vier. Miss Olivia konnte gerade noch ihr Tagebuch in der Schublade verstecken, es gab einen heftigen Streit. Sie haben Mrs. Olivia getötet, Dr. Douglas Frank Halifax. Frankie, Liebster. Das F. in der Mitte ihres Namens steht doch für Frank, oder? Sie nannte Sie mal Frankie, mal Douglas.«

Der Gerichtsmediziner senkte resigniert den Kopf, als Columbo dessen Unterarm ergriff und wortlos auf eine tiefe Kratzwunde auf der Innenseite zeigte.

»Ich verhafte Sie wegen vorsätzlichen Mordes aus Eifersucht an Olivia Charlton- Wolfe.«

Die junge Polizistin und ihr Kollege, die sich im Keller auf Spurensuche befunden hatten und noch einmal den oberen Stock durchkämmen wollten, traten gerade ein.

»Tun Sie bitte, was Sie tun müssen«, sagte Columbo zu den beiden.

Er nahm mich am Halsband und führte mich hinaus. Das Tagebuch klemmte er unter den Arm. Draußen machte er kehrt und ging noch einmal in den Raum, in dem Dr. Halifax gerade die Handschellen angelegt wurden.

»Ich werde nun vielleicht das Fach wechseln«, sagte Columbo zu dem wütend zu Boden blickenden Dr. Halifax. »Ich werde Gerichtsmediziner. Ihre Stelle ist ja nun vorläufig wieder frei. Ich hatte Recht: Die Leiche war noch recht frisch.«

Columbo kommt eben immer noch einmal zurück.

Und das Beste an diesem Fall war dann doch der Riesen-Hotdog, den mein Herrchen mir zur Belohnung kaufte, als wir in der Stadt angekommen waren und an unserer Lieblingswürstchenbude anhielten.

Wie Hund und Katz

Das lila Käppchen mit der burmesischen Perlenstickerei war es, das als erstes in der Mülltonne landete. Das Seidenkäppchen, das Petra immer beim Meditieren getragen hatte. Dann folgten rasch aufeinander die zwei balinesischen Tempelwächter aus Tuffstein, der weibliche Foo-Hund nach Ming-Vorbild des 16. Jahrhunderts und die drei chinesischen Elefanten mit Glückssymboliken.

Die Sammlung der japanischen Netsuke-Figuren aus Mammutelfenbein wurde gleich danach in die Tonne befördert, wobei Rolf mit spitzen Fingern die Plastik mit dem Korb und den daran hochkletternden Ratten hinterherwarf. Trotz seiner Rattenphobie hatte Petra es sich nicht nehmen lassen, ihm dieses niedliche Etwas zum Geburtstag zu schenken.

Nun wanderten die Marionetten aus Nepal in die Tonne, die erotischen Figuren aus China und die Masken aus Bali mit dem Federschmuck. Wie er diese Staubfänger gehasst hatte! Mit einem Seufzer der Erleichterung klappte Rolf den Deckel der Mülltonne zu, setzte sich auf die Gartenbank, die ausnahmsweise weder orientalisch noch asiatisch war, und kraulte mir das Fell.

»Bello, mein Guter, mein Helfer, mein Freund«, murmelte er voller Dankbarkeit.

Nur wir beide wussten, was er damit meinte.

Er erhob sich, denn das Entrümpeln war noch nicht zu Ende. Der Deckel der Mülltonne wurde wieder aufgeklappt. Es war zum Glück eine sehr große Tonne.

Die Figurengruppe aus blauem Achat verschwand krachend in der Tiefe, ebenso der sitzende Buddha aus Holz, die Visnu-Figur aus Kambodscha, das chinesische Weihrauchgefäß nach einem Vorbild der Chang-Zeit, der geschnitzte chinesische Hofbeamte aus Elfenbein und der persische Handwärmer aus Bronze. Und zuletzt erwischte es die beiden winkenden Maneki-Neko-Katzen aus Japan, die ich besonders gehasst hatte mit ihren dämlichen Grinsegesichtern.

»Fort mit dem ganzen Plunder«, sagte Rolf zu sich selbst. »Wertvoll hin, wertvoll her.«

Ja, die Mülltonne barg gewiss eine Menge Pretiosen, denn Petra hatte nicht gespart, nicht sparen müssen, wenn sie ihre Fernostreisen zelebrierte. Auch eine Menge Wertloses, Gefälschtes war ihr gewiss angedreht worden. Aber, das sah ich meinem Herrchen an, Rolf wollte und musste nicht wissen, wie wertvoll oder wertlos all diese Dinge waren, die Petra in den sechs Jahren ihrer Ehe angehäuft hatte. Rolf, der Chef eines großen Bauunternehmens, war auf diese Pretiosen nicht angewiesen. Er wollte Befreiung, und dies definitiv.

Doch ich glaube, ich muss mich Ihnen nun endlich einmal vorstellen. Meinen Namen kennen Sie schon. Ich bin schlicht und einfach Bello. Ein Mischlingshund mit spitzer Schnauze und schwarzweißem Fell. Auf meiner Brust prangt eine Art weißer Stern.

Es gibt originellere Hundenamen, ich weiß, aber Rolf nannte mich so, weil ich ihn an den Hund seiner Kindheit erinnerte, auch ein Bello seinerzeit. Seit Rolf mich vor sieben Jahren als herrenlosen jungen Welpen – ausgesetzt von barbarischen Menschen – auf dem Gelände seiner Baufirma fand und mich ohne zu überlegen mit nach Hause nahm, wich ich ihm nicht von der Seite. Selbst als er Petra kennenlernte, die mich von Anfang an nicht mochte, hielt er an mir fest und nahm mich sogar jeden Tag mit in seine Firma, damit ich seiner Frau nicht zur Last fiel.

Sie hätte mir das Leben zur Hölle gemacht, das merkten wir beide, mein Herrchen und ich, instinktiv. Petra, jung und mollig und mit diesem Asientick, der sich bald zur Obsession steigerte, sobald sie die Ehefrau des reichen Bauunternehmers war und sich alles leisten konnte, das ihr gefiel! Um ihr leeres Dasein auszufüllen, reiste sie oft und lang in der Weltgeschichte herum. Das hatte seine Vorteile, wenn man bedenkt, dass ich sie folglich nicht so oft zu Gesicht bekam.

Beladen mit Asiatica kehrte sie von diesen Reisen zurück, die sie stets alleine unternahm, denn Rolf war einerseits als Firmenchef unabkömmlich, vor allem aber interessierte er sich nicht für die exotischen Reiseziele seiner Frau. Die Bretagne, Irland, Norwegen, England und Schottland hätte er Thailand, Burma, China, Indonesien, Japan und Bali jederzeit vorgezogen.

Schon nach einem Jahr nach Petras Eindringen in die Junggesellenwelt meines Herrchens hatte sie erreicht, dass die hübsche, gemütliche Wohnung, die vorher mit teils antiken, teils mit modernen Möbeln geschmackvoll eingerichtet war, völlig verändert aussah. Vollgestopft mit chinesischen Lackmöbeln in den Farben Rot und Schwarz, mit allerlei protzigen Stücken aus Teakholz und dem soeben beschriebenen Firlefanz, den Rolf später genüsslich in der Mülltonne entsorgte. Mich, den Mischlingshund Bello, behandelte sie voller Verachtung, und sie mutete mir sogar eine lästige zusätzliche Hausgenossin in Form einer reinrassigen Siamkatze zu.

Zum Glück war diese, die den geschwollenen Namen Lotusblüte trug, viel zu faul, um mich anzugreifen, und ich war außerdem immer in Rolfs Nähe. Rolf, der Herzensgute, ertrug die grässlichen Möbel, den fernöstlichen Krimskrams und die Siamkatze aus Liebe zu Petra. Diese Liebe allerdings wandelte sich auf Rolfs Seite zusehends in Gleichgültigkeit bis hin zur Abneigung, wie mein feines Hundegespür für zwischenmenschliche Beziehungen wahrnahm. Rolf hatte ausgeliebt, doch geduldig und wortlos ertrug er seine Frau, ihren Kaufrausch, ihren Reisewahn, beides nichts als Surrogate für die Leere in ihrem Innern.

Dann, vor drei Wochen genau, sagte Petra auf einmal aus dem Blauen heraus: »Morgen hole ich Miou-Miou beim Züchter ab.«

»Wer ist Miou-Miou?«, wagte Rolf, höchst erstaunt, zu fragen.

»Eine reinrassige Pekinesenhündin.«

Ich, der ich zu Rolfs Füßen lag, spitzte die Ohren.

Rolf erblasste und sagte mit bebender Stimme: »Eine Pekinesenhündin? Nur über meine Leiche.«

»Dann eben über deine Leiche«, gab Petra scharf zurück.

Petra sollte nicht Recht behalten, als sie das sagte.

Es gab da diesen orientalischen Treppenläufer, einen Teppich des Kazak Lori Pambak-Gebietes aus dickem Velours, von Messingstangen festgehalten. Einmal war Petra gestolpert und hatte sich in letzter Sekunde am Geländer festhalten können, sonst hätte sie sich ernstlich verletzen können.

Am Abend, bevor Petra die reinrassige Pekinesenhündin Miou-Miou vom Züchter abholen wollte – Rolfs Einwände hatten nichts gefruchtet und der Gutmütige musste sich geschlagen geben mit einem entschuldigenden Blick auf mich –, grübelte ich stundenlang, wie denn wohl das Unglück abzuwenden sei.

Petra hatte sich schon vor Stunden in ihr Meditationszimmer zurückgezogen.

Man vernahm in regelmäßigen Abständen ihr »Om ... Om ... Om ... Om ...«

So ging das pausenlos.

Gegen halb zwölf klopfte Rolf zart an die Tür und sagte: »Willst du nicht endlich schlafen gehen, Liebste?«

Die Liebste kam aus dem Raum herausgeschossen, auf dem Kopf das unvermeidliche burmesische Meditationskäppchen aus lila Seide, mit Perlen bestickt.

Sie fauchte: »Stör mich nicht beim Meditieren. Nun hast du mich ganz rausgebracht.«

»Das tut mir leid. Aber dann brühe dir doch drunten in der Küche einen harmonisierenden Tee auf«, schlug Rolf beschwichtigend vor.

Das war so etwas wie ein Schlüsselwort für mich, der ich grübelnd neben Rolfs Sessel geruht hatte. Diese einmalige Gelegenheit durfte ich mir nicht entgehen lassen. Endlich bot sich die Gelegenheit, meinem lieben Herrchen, das mich vor so langer Zeit gerettet hatte, einen Gegendienst zu erweisen.

Petra drehte mir den Rücken zu. Sie war im Begriff, die Treppe hinabzueilen, aufgebracht wie sie war. Mit einem gewaltigen Satz sprang ich mit ausgestreckten Vorderpfoten von hinten an sie heran. Sie strauchelte, schrie aber nicht. Vielleicht war sie zu überrascht. Sie kugelte von Stufe zu Stufe und schlug dumpf auf den Steinplatten im Flur auf.

Rolf kam aus seinem Zimmer, und man könnte fast sagen: Im Zeitlupentempo ging er die Treppe herab, beugte sich über die Frau mit dem starren Blick, setzte sich dann auf die untere Treppenstufe und kraulte meinen Kopf.

Von ihrem Sofa aus, auf vielen seidenen Kissen mit orientalischem Blumenmuster thronend wie eine Königin, äugte

Lotusblüte ungerührt aus schrägen Augen zu uns herüber. Sie geruhte nicht einmal, herüberzukommen und sich von ihrer toten Herrin zu verabschieden. Wir warteten, warteten eine halbe Ewigkeit.

»Welch ein Unglück«, sagte Rolf immer wieder. Er war etwas durcheinander im Kopf. Dann rief er die Ambulanz an.

Zwei Tage nach der Beerdigung begann er mit der Entrümpelung der Asienhöhle.

Er öffnete weit die Fenster und atmete tief durch, ich an seiner Seite.

Lotusblüte war bei Petras Freundin Dagmar untergekommen, als eine Erinnerung an die so früh Verschiedene. Welch ein Glück. Wir waren wieder allein, in trauter Zweisamkeit, Rolf und ich.

Einige Tage später kam ein Polizeiinspektor in Begleitung eines Polizisten und klingelte an der Tür. Sie verhörten Rolf. Warum er sich so schnell von all den Sachen getrennt habe, die seiner Frau so viel bedeutet hatten? Nachbarn waren aufmerksam geworden und hatten der Polizei signalisiert, dass da doch etwas nicht mit rechten Dingen zugegangen sei.

»Ich konnte es einfach nicht ertragen, all diese schönen Dinge um mich zu haben, sie täglich zu sehen, die mich an meine liebe Frau erinnerten. Der Schmerz ...«

Rolf war überzeugend. Ich hätte ihm so viel Schauspieltalent nicht zugetraut, dem Guten. Die Polizisten entschuldigten sich vielmals. Sie verließen das Haus und kamen nicht mehr wieder.

Mittlerweile ist nun ein halbes Jahr vergangen. Rolf hat eine Frau kennengelernt. Sie heißt Serena. Vorgestern brachte er sie zum ersten Mal mit, und ich bin bis ins Mark erschrocken. Sie sah aus wie eine etwas jüngere Version von Petra, ein wenig größer vielleicht und jünger als sie. Sie mochte mich nicht, das fühlte ich im ersten Moment unserer Begegnung.

Die beiden tranken Tee aus dem Meißener Teeservice mit den Chinoiserien, von dem Rolf sich nicht hatte trennen wollen, denn er war vor seiner Ehe mit Petra begeisterter Porzellansammler gewesen und liebte dieses Service. Trotz der Chinoiserien.

»Oh«, rief Serena entzückt. »Was Chinesisches.«

Dann ging ihr Blick zu den Porzellanfiguren der Marke Hoechst, die auf der Konsole unter dem Spiegel standen. Es waren die Fagottisten und Trompeter der sogenannten *Türkischen Kapelle*, auch sie Sammlerstücke, die Rolf vor vielen Jahren erworben hatte.

»Ich liebe alles Asiatische und Orientalische. Ich konnte es mir nur bisher ... wie soll ich sagen ... finanziell ...«

»... nicht leisten«, vollendete Rolf den Satz.

Serena schwieg und schien in Träumen zu schweben. Ob sie von Fernreisen nach Asien träumte und vom Kauf exotischer Pretiosen?«

»Ein Haus, ganz und gar ausgestattet mit Asiatica, das wäre das Höchste für mich«, schwärmte sie.

Ich merkte, dass Rolf etwas unruhig in seinem Sessel hin und her rutschte.

Es gibt eine Statistik, die besagt, dass Männer und Frauen sich immer wieder mit ähnlichen Partnern liieren. Zwanghaft und in Wiederholung des gleichen Musters geraten sie immer wieder an den gleichen Menschentypus.

Ich sah zu Rolf hoch. Du kannst mit mir rechnen, mein Freund, sagte mein Blick, und er verstand.

Er wurde ganz ruhig und kraulte mir das Fell.

Die Leseratte

Wissen Sie, was ein Schlüsselreiz ist?

Der Schlüsselreiz ist ein Reizmuster, das bei Wahrnehmung mit einer Instinktbewegung beantwortet wird.

Häufig wird ein solcher Reiz auch Auslöser genannt, und zwar vor allem dann, wenn er von einem Sozialpartner ausgeht und das Sozialverhalten beeinflusst.

Der Schlüsselreiz ist ein angeborener Auslösemechanismus und ist dem Willen des Handelnden nicht unterworfen. Ein Schlüsselreiz kann zum Beispiel optischer oder akustischer Art sein.

Der Handelnde ist nicht schuldig zu sprechen, da er aus Instinkt und nicht willentlich handelt.

Ich bin weder Biologe noch Psychologe. Ich bin eine Katze und habe diese wissenschaftliche Definition des Schlüsselreizes meiner Geschichte vorangestellt, damit Sie, meine Damen und Herren, mein Handeln verstehen und vor allem gerecht beurteilen können.

Meine Geschichte ist eine höchst dramatische Geschichte, und sie hat mein Leben auf drastische Weise verändert, ja beinahe zerstört.

Doch ich möchte über die Ereignisse in ihrer chronologischen Abfolge berichten.

Ich bin ein getigerter Kater in den besten Jahren, und mein

Herrchen hat mich Stanislaus getauft. Mein Herrchen, Simon Neubauer, war ein freundlicher junger Mann, der einen einzigen Fehler hatte: Er wandelte auf Freiersfüßen, wie die Menschen das nennen, er suchte unentwegt nach der richtigen Frau fürs Leben und fand sie nicht.

Ein Umstand, an dem ich einen nicht unbeträchtlichen Anteil hatte.

Aber, wie gesagt, eines nach dem andern. Ich möchte Sie, liebe Damen und Herren, nicht unnötig verwirren.

Simon Neubauer versuchte sich zuerst in kleinen Liebesabenteuern, die harmlos blieben, doch nach und nach, das spürte ich, befriedigten ihn die flüchtigen Techtelmechtel nicht mehr, er sehnte sich nach der wahren großen Liebe. Der Liebe fürs Leben.

Und mir wurde nach und nach bewusst, dass ich auf zwei Schlüsselreize reagierte: auf weibliche Eigennamen und auf weibliche Gesichtszüge und Gesten.

Was Ihnen, liebe Damen und Herren, nun noch unverständlich vorkommen mag, wird sich Ihnen bald erklären.

Angelika Baumann, die erste junge Dame, die Simon Neubauer als Frau fürs Leben in Augenschein nahm, erschien eines Tages in unserer Wohnung, und mir sträubten sich alle Nackenhaare, ich merkte, wie es in meinen Krallen zu zucken begann. Ich krümmte den Rücken, und wer weiß, was hätte passieren können, wenn ich nicht aus dem Zimmer geschlichen wäre. Ich verkroch mich ins allerhinterste Eck der Wohnung, das Zittern ließ allmählich nach, ich entspannte mich und begann, nachzudenken.

Was hatte diese bis dato ungewohnte Reaktion auf ein weibliches Wesen ausgelöst? Nach zehn Minuten angestrengten Nachforschens dämmerte es mir: Es konnte nur das einer Maus ähnelnde Profil der jungen Dame gewesen sein, das mich so völlig aus dem Lot brachte. Immer, wenn ich mir das Profil, überhaupt die Gesichtszüge von Angelika Baumann vorstellte, sträubte sich mein Fell, bekam ich Schweißausbrüche, krümmten sich mir unwillkürlich die Krallen, setzte ich zum Sprung an. Die kleinen knopfartigen Äuglein, die recht lange spitze Nase, das fliehende Kinn, die Mausezähnchen. Trippelnde Schritte, ein bräunliches Fell, will sagen: Haare. Was fand Simon Neubauer an diesem mausigen weiblichen Wesen?

Liebe macht blind, sagen die Menschen. Diesem Spruch würde ich ganz und gar zustimmen.

Ich bin im Grunde ein friedlicher Kater, und das Glück meines Herrchens hätte mich sogar dieses zukünftige Frauchen tolerieren lassen, doch all mein Wollen nützte nichts. Der Schlüsselreiz war stärker, und es kam, was da kommen musste.

Beim vierten Rendezvous zwischen Simon Neubauer und Angelika Baumann brach der Damm meiner guten Absichten.

Es klingelte an der Haustür, mein Herrchen öffnete und rief erfreut: »Ach, da bist du ja, mein geliebtes Mäuschen.«

Und er umarmte die Besucherin stürmisch.

Das Kosewort war es vielleicht, welches das Fass zum Überlaufen brachte. Der akustische Reiz, das Wort Mäuschen, gepaart mit dem optischen, beide Reize zusammen waren beim besten Willen nicht zu ignorieren, verletzten meine Augen- und Ohren aufs Empfindlichste und ließen mich blitzschnell reagieren. Ich sprang vom Sofa auf, fauchte und buckelte und fuhr die Krallen aus, landete mit einem Satz direkt vor Mäuschen.

»Stanislaus, was ist in dich gefahren, so kenne ich dich gar nicht«, stammelte mein verdattertes Herrchen, aber nun überschlugen sich die Ereignisse.

Die Maus, mit einem schrillen Piepston, strauchelte und brachte mit ihren kleinen nervösen Trippelschritten den Fußabstreifer ins Rutschen. Sie fiel kopfüber auf die Marmorplatte des Tischchens im Flur, verstummte. Simon Neubauer, der vergeblich versucht hatte, die Fallende aufzufangen, hielt schluchzend eine tote Maus, will sagen Frau, in den Armen. Aus der spitzen Schnauze tropfte das Blut zu Boden, die kleinen Augen blickten, Glasknöpfen gleich, starr zur Dielendecke empor.

Mich erfasste eine unsägliche Ruhe, ja Befriedigung, und ich schlich, als sei nichts geschehen, in meinen Katzenkorb zurück. Simon Neubauer rief die Ambulanz, auch die Polizei, damit alles seine Ordnung hatte, er war ein sehr korrekter junger Mann. Er gab zu Protokoll, dass sein Kater, also ich, die junge Dame wohl so erschreckt hatte, dass sie so unglücklich fallen konnte.

»Also, ich finde Ihren Kater ganz friedlich«, sagte der Polizist mit einem Blick auf mich, der ich schnurrend in meinem Körbchen lag.

»Ich weiß auch nicht, was in ihn gefahren ist. Wirklich nicht«, erwiderte Simon Neubauer. »Er war plötzlich wie eine Furie.«

»Na ja«, sagte der Polizist. »Tiere können schon mal unberechenbar sein. Es war halt ein unglücklicher Unfall.«

Ich gab jammervolle Töne von mir.

»Das arme Tier trifft wirklich keine Schuld«, bestätigte der junge Polizist, und er streichelte mein Fell.

Fräulein Maus, will sagen Baumann, wurde abtransportiert.

Für eine kleine Weile war Ruhe eingekehrt in unseren Haushalt. Die Ruhe währte jedoch nicht lange.

Genau zwei Monate nach besagter Fräulein Baumann-Affäre merkte ich, dass mein Herrchen wieder diese Nervosität ergriffen hatte, die stets einem Stelldichein voranging. Er hatte wohl wieder die Frau fürs Leben kennengelernt. Bald darauf erschien die Angebetete. Sie war hübsch, sehr hübsch, muss ich sagen, und einer Maus sah sie kein bisschen ähnlich. Ich war beruhigt. Mit diesem Frauchen würde ich mich arrangieren können. Ich freute mich, uneigennützig, wie ich nun mal bin, über das neue Glück meines Herrchens und beschloss, die junge Dame um jeden Preis zu akzeptieren. Der Weg zur Hölle ist mit guten Vorsätzen gepflastert.

Und was mag der stärkste Wille gegen die Stimme der Natur? Meine Freude sollte nicht lange währen, denn der Erzfeind in mir, der Schlüsselreiz, erwachte, als beim fünften Rendezvous Sandra Vetter, so hieß die mittlerweile Verlobte und baldige Ehefrau meines Herrchens, unvermutet ausrief: »Also, deine Wohnung ist ja wundervoll, alles gefällt mir, die Möbel sind auch nach meinem Geschmack, aber alles ist ein bisschen steril und öde. Eine richtige Männerwohnung. Wenn wir erst mal verheiratet sind, werde ich zuerst mal Bilder aufhängen und vor allem: Bücherregale müssen aufgestellt werden. Du musst wissen: Ich bin eine richtige, unverbesserliche Leseratte.«

Wenn Sie, liebe Damen und Herren, ahnen könnten, was dieses Wort in mir auslöste! Das widerlichste Tier der Schöpfung, die Ratte, sollte mit meinem Herrchen liiert sein, mit mir unter einem Dache wohnen? Niemals!

Wieder verkroch ich mich in den allerhintersten Winkel der Wohnung, um meine Instinkte zu beherrschen und nicht auf der Stelle zu reagieren. Diesmal wollte ich planend und behutsam vorgehen. Meine Wenigkeit sollte nicht ins Spiel gebracht werden, wenn die Polizei auftauchen würde.

Ich wusste, wo Simon Neubauer das Gift aufbewahrte, das er einmal, ein einziges Mal, im Keller hatte ausstreuen müssen. Mit großem Erfolg übrigens. Die Ratte war mausetot gewesen. Schon bei der ersten Portion. Und es war noch ein ordentlicher Rest in der Dose mit dem Totenkopfetikett. Ein Rest, der dieser Leseratte den Rest geben würde.

Sandra Vetter liebte Wohlfühltees der Marke Yogi, wie ich

wusste. Simon Neubauer, der Verliebte, nun Verlobte, doch keineswegs bald Verheiratete – dafür würde ich sorgen – hatte einen ganzen Vorrat dieses Lieblingstees besorgt, denn er selbst war unter Sandras Einfluss auch zu einem leidenschaftlichen Teetrinker geworden.

Der Himmelfahrtstag – nomen est omen – wurde den Verliebten und Verlobten zum Verhängnis, denn an diesem verregneten Feiertag blieben sie zu Hause, schmusend und sich liebend, und das war gut so. Sie vergaßen die Welt um sich, sie vergaßen auch mich, Stanislaus, der in die Küche schlich und geschickt und unbemerkt aus der Dose mit dem Totenkopfetikett eine Portion in die Tasse schüttete, die Sandra Vetters erkorene Lieblingstasse war. Die Tasse mit dem Aufdruck einer schwarzen Katze. Auch dies ein Omen?

Nach dem Gekuschel ging Sandra Vetter ins Badezimmer, und Simon Neubauer sagte:»Liebling, ich mach uns einen Yogitee, ja?«

»Tolle Idee, du bist ein Schatz.«

Ich befürchtete, mein Herrchen könne das Pulver in Sandras Lieblingstasse bemerken, doch er war wohl zu ermattet, seine Aufmerksamkeit war getrübt. Er goss den Wohlfühltee in die Tasse mit der schwarzen Katze und brachte diese und seine eigene Tasse, eine grüne Ikea-Tasse ohne Aufdruck, auf einem kleinen Tablett ins Wohnzimmer, wo Sandra Vetter, frisch geduscht und voller Vorfreude auf ihren Tee, auf dem Sofa Platz genommen hatte. Nach einer Weile blies sie über den heißen Tee und setzte zum Trinken an, nahm einen gierigen Schluck, denn Liebe macht durstig.

Sie verzog das Gesicht zu einer Grimasse.»Der Tee schmeckt aber komisch heute. Ist das eine neue Sorte? Du weißt doch, dass ich nur Yogitee trinke.«

Sie zog einen Flunsch.

»Es ist Yogitee, alles wie immer«, sagte Simon Neubauer.

Sandra nippte noch einmal, dann sagte sie: »Probier doch mal selbst«, und sie reichte ihrem Verlobten ihre Tasse.

Ich war wie gelähmt vor Schreck. Noch bevor ich dazwischenfahren konnte, geschah das Unabwendbare. Simon Neubauer nahm einen großen, großen Schluck aus der Tasse mit der schwarzen Katze.

Sandra Vetter war mittlerweile aschfahl geworden, die Schweißperlen standen ihr auf der Stirn.

»Mir wird ganz komisch«, rief sie. »Diese Schmerzen. Ich meine, es zerreißt mich innerlich.«

Simon Neubauer kam nicht mehr dazu, sich zu äußern, denn er hatte die doppelte Teemenge getrunken, und gemeinsam sanken die beiden vom Sofa hinunter zu Boden, sich krümmend und sich windend in Todespein. Ein letzter Blick aus Simon Neubauers Augen ging zu mir hinüber, der ich immer noch wie erstarrt in meinem Körbchen lag.

»Du, auch diesmal?«, schien der Blick zu fragen.

Sie müssen mir glauben, liebe Damen und Herren, dass ich nicht beabsichtigt hatte, einen Doppelmord zu begehen. Keiner dieser Todesfälle, dieser Unfälle, war von mir willentlich herbeigeführt worden.

Urteilen Sie nicht vorschnell, verurteilen Sie mich nicht. Mich, der ich ja eigentlich selbst Opfer war. Ein Opfer meiner Instinkte. Ich hatte den Schaden vom Tod meines Herrchens, das so gut zu mir war, und ich sah mich schon als obdachlosen Kater durch die Gassen irren. Doch es sollte anders kommen.

Nachdem die beiden Verlobten im Tode vereint waren, hob ich ein lautes Jammern an. Einen Katzenjammer sozusagen. Es dauerte nicht lange, und die Nachbarn, von meinem Lärmen und Schreien alarmiert, ließen die Wohnungstür aufbrechen, nachdem niemand auf ihr Klingeln und Klopfen reagierte. Sie fanden die beiden Toten und alarmierten die Polizei. Der Zufall wollte es, dass einer der beiden Beamten der nette Polizist war, der auch schon den Unfalltod von Fräulein Maus, will sagen Angelika Baumann, protokolliert hatte.

»Komisch«, sagte er zu seinem Kollegen. »Guck dir mal die Tasse mit dem Katzenmuster an. Da scheint mir doch was nicht mit rechten Dingen zugegangen zu sein. Das lassen wir gleich mal analysieren im Labor. Und wie die beiden aussehen. Grässlich. Diese verzerrten Gesichter. Ich glaube, der wollte sie vergiften und hat dann aus Versehen sich selbst mit vergiftet. So was soll schon mal vorkommen.«

Dann berichtete er dem verdutzten Kollegen von dem Unfall, der in der gleichen Wohnung passiert war und bei dem eine junge Frau zu Tode gekommen war.

»Ich hatte ja gleich so ein ungutes Gefühl damals. Irgendetwas schien mir faul zu sein bei der ganzen Sache. Und stell dir vor, er wollte den Verdacht auf den Kater lenken.«

»Auf den Kater?« Der Kollege prustete los vor Lachen, er konnte sich nicht mehr beruhigen. »Also das wäre ja mal was Neues.«

Dann sang er auf die Melodie des Liedchens *Der Mörder war immer der Gärtner*:

»Der Mörder war immer der Kater.«

Sie lachten beide.

Der nette Polizist, der von seinem Kollegen Kurti genannt wurde, schaute mich an und sagte: »Du Armer. Du bist ja jetzt herrenlos. Du, ich nehm dich mit zu mir. Meine Minnie ist vor zwei Wochen eingeschläfert worden, und ich wollte eh wieder eine Katze.«

Gesagt, getan.

Ich bin nun ein Polizeikater.

Ach, schön ist es bei Kurti, dem netten Polizisten. Er hat nur einen Fehler. Er scheint mir wie sein Vorgänger, Simon Neubauer, auf Freiersfüßen zu wandeln.

Gestern hat er eine junge Frau mitgebracht. Sie sieht einer Maus kein bisschen ähnlich. Sie hat auch gesagt, sie lese nie, sie sehe nur fern. Also keine Leseratte.

Ich war beruhigt und lag schnurrend in meinem gemütlichen Katzenkorb am Kamin.

Doch dann kam die Enthüllung.

»Einen schönen Namen hast du«, sagte Kurti.

»Ja, meine Eltern waren Frankreichfans und liebten französische Mädchennamen. Sie wollten mich nicht Yvonne oder Nadine oder Nicole nennen. Was Außergewöhnliches sollte es sein. So nannten sie mich halt eben Merle.«

»Ja, Merle klingt wundervoll«, schwärmte Kurti, der ein sehr romantischer Polizist war.

»Und der Name hat auch eine Bedeutung.«

»Welche denn? Ich kann kein Französisch.«

»Er heißt Amsel, wie der schwarze Vogel.«

Diese Bemerkung traf mich wie ein Keulenschlag.

Amsel. Ein *Vogel.*

Meine Nackenhaare sträubten sich, meine Krallen begannen sich zu krümmen, ich bekam Schweißausbrüche. Ich musste mich aus dem Zimmer schleichen, ich nahm all meine Willensstärke zusammen, um mich nicht auf diese Merle, auf diese Amsel zu stürzen.

Ich verkroch mich in den hintersten Winkel der Wohnung. Ich hörte, wie die beiden sich beim Abschied für den nächsten Sonntag verabredeten. Ich lag derweil in meinem entlegenen Versteck und grübelte darüber nach, was geschehen würde. Fragen Sie mich nicht, meine Damen und Herren, was nächsten Sonntag passieren wird. Ich kann für nichts garantieren.

Reinrassig

Macbeth: Ja, in der Liste geht Ihr wohl für Männer.
Wie Spitz und Stöber, Mischling, Dän' und Brack,
Zottler und Rüd' und Halbwolf – alles schilt sich
mit dem Namen Hund. Die Rangesordnung bezeichnet erst,
wer schnell, wer träg, wer pfiffig, des Hauses Wächter,
und den Jäger, jeden der Gabe nach, die gütig die Natur in
ihn hineingelegt, und so empfängt er besondere Bezeichnung,
mehr als jener Zettel, der alle gleich benamst.
So auch die Männer.
WILLIAM SHAKESPEARE, *Macbeth, III, 1*

Sebastian Raquet verließ die Bäckerei, unter dem Arm sein Lieblingsbrot, das altdeutsche Odenwälder Krustenbrot, frisch und köstlich duftend.

Er überquerte die Straße, um zu seinem Golf, Baujahr 1994, zu gehen. Er liebte sein Auto, alt und rostig wie es war, untypisch für einen jungen Mann im Jahre des Herrn 2012. Sein Auto trug das Heppenheimer Kennzeichen, HP, aber er lachte über die Aufregung um seinen Namensvetter aus »Vettelheim«.

Er war gerade dabei, sein Auto aufzuschließen, als eine alte Dame auf ihn zukam. Sie führte einen kleinen Hund an der Leine. Sebastian Raquet erkannte in der Dame eine ehemalige Nachbarin, die nun im Seniorenheim wohnte. Sie gehörte zu den rüstigeren der Bewohner, noch mobil und fähig, ein Haustier zu halten.

Brunhilde Himmelreich schaute mit unverhohlener Verachtung auf Sebastian Raquets altertümliches Auto, das zu allem

Überdruss auch noch einen Aufkleber trug, den sie ebenso zu missbilligen schien wie das Fahrzeug.

Atomkraft, nein danke.

»Ach, Sie haben einen neuen Hund nach Ihrem Rottweiler?«, sprach Sebastian Raquet, der freundliche junge Mann, die ehemalige Nachbarin an.

»Ja«, entgegnete Brunhilde Himmelreich, die mit ihrer blondierten Hochfrisur im Stil der Sechzigerjahre aussah wie ein altjüngferlicher Teenager oder aber eine auf Teenager getrimmte alte Frau. Letzteres traf wohl zu.

»Gerne hätte ich nach dem plötzlichen Tod von Ludi wieder einen Rottweiler gehabt, aber die Heimleitung hat es verboten. Angeblich gefährlich, diese Hunderasse. Dass ich nicht lache.«

Ludi, erinnerte sich Sebastian Raquet, war die Abkürzung für Ludendorff, den General der wilhelminischen Zeit. Das liebe Tierlein musste eingeschläfert werden, nachdem es den Briefträger attackiert und krankenhausreif gebissen hatte.

»Wie heißt denn Ihr neues Hundchen?«

»Das ist Cosima. Wie Richard Wagners Frau.«

Sebastian Raquet bog sich innerlich vor Lachen. Ja, er erinnerte sich. Aus Brunhilde Himmelreichs Haus war oft Wagnermusik nach draußen gedrungen. Die Nachbarschaft wurde an lauen Sommerabenden berieselt von *Tannhäuser, Lohengrin* und der *Götterdämmerung*. Der Gesang der Rheintöchter Wellgunde, Woglinde und Floßhilde war nicht nach jedermanns Geschmack gewesen.

Einmal war die Polizei erschienen, weil sich ein Nachbar über die unerwünschte Beschallung beschwert hatte.

»Cosima, wie nett«, sagte Sebastian Raquet, und bei sich dachte er, dass das Tier, wäre es ein Rüde gewesen, vielleicht auf den Namen Siegfried getauft worden wäre.

»Und so ein hübscher Hund. Wohl eine Mischung aus Dackel und Schnauzer?«

Brunhilde Himmelreich erstarrte zur Salzsäule, und mit eisiger Stimme erwiderte sie: »Eine Mischung? Cosima ist ein reinrassiger Rauhaardackel. Einen Mischling würde ich nie dulden. Und nur ein reinrassiger Rüde wird sie decken dürfen. Ich akzeptiere nur reine Rassen. Ich war schon immer von edlen Hunden umgeben. Von Kindesbeinen an. Hasso, der Schäferhund, Rex, mein erster Rottweiler und Mélac, der Dobermann, den mir mein Vater damals geschenkt hat, als ich seinerzeit vom Ernteeinsatz in diesem lothringischen Kaff bei Metz zurückkam. Vater war so stolz auf mich und auf meine Arbeit als BDM-Führerin im großdeutschen Reich.«

Oh, nun kommt wieder die alte Leier, dachte Sebastian. Jetzt schwärmt sie wieder von ihrer BDM-Zeit und erzählt mir von ihrer Odyssee, wie sie sich mit dem Fahrrad von Metz in den Odenwald durchschlug und im Straßengraben saß, die feindlichen Flugzeuge über ihr, und wie sie gierig eine Leberwurst verschlang. Ohne Brot.

»Ohne Brot, die ganze Leberwurst, stellen Sie sich das vor.«

Brunhilde Himmelreichs stahlblaue Augen leuchteten in Erinnerung an jene abenteuerliche, unvergleichlich spannende Zeit.

Über das Schwärmen von jenen glorreichen Tagen vergaß Brunhilde Himmelreich die Schmach, welche Sebastian Raquet ihr angetan hatte, indem er ihren reinrassigen Hund als netten Mischling diffamiert hatte.

Cosima begann ungeduldig an der Leine zu zerren, und Sebastian Raquet war erlöst. Er rettete sich in sein altersschwaches Auto und winkte der alten Dame gutmütig nach. Irgendwie tat sie ihm ja leid, einsam wie sie war. Ihr Dünkel machte ihr bestimmt auch im Seniorenheim keine Freunde. Sie war ihr ganzes Leben lang allein gewesen. Jemand hatte Sebastian Raquet mal erzählt, ihr Vater, ein Berufsoffizier unter Kaiser Wilhelm und passionierter Jäger, habe einmal einen von Brunhildes Verehrern mit der Flinte bedroht und einem anderen sogar einen Streifschuss verpasst, als er um ihre Hand anhalten wollte. Kein Wunder, dass Brunhilde Himmelreich auch im Alter noch aussah, als würde sie auf den Märchenprinzen warten.

Wenige Tage nach der Begegnung vor der Bäckerei machte Sebastian Raquet seine Runde mit Maurice, seinem Hund. Maurice war ganz und gar nicht reinrassig, eine Mischung unbestimmbarer Art, ein armer Kerl vom Tierheim, treu und sehr hübsch.

Er war recht groß und hatte ein glänzendes schwarzes Fell, dazu weiße Pfoten, eine weiße Schwanzspitze und eine weiße Zeichnung auf der Brust, die dem Lothringer Kreuz ähnelte, jenem Kreuz mit Doppelbalken, dem Symbol französischen Stolzes. Dieser kuriosen Zeichnung und seiner treuherzigen Augen wegen hatte Sebastian Raquet den Hund auf Anhieb ins Herz geschlossen.

Sebastians Vorfahren stammten aus Lothringen, und sein Großvater hatte ihm viel vom Lothringer Kreuz erzählt, es war Teil seiner Kindheit geworden. Ein Symbol des Stolzes auf sein französisches Blut, das sich mit Odenwälder Blut vermischt hatte.

Ich bin nicht reinrassig, dachte Sebastian, als er mit Maurice Richtung Wald ging. Ob Brunhilde Himmelreich das schon bemerkt hatte?

Wenn man vom Teufel spricht, kommt er garantiert daher. Die alte Dame, rüstig wie sie war, hatte es tatsächlich geschafft, den Berg hoch zum Wald zu gehen, die reinrassige Hündin Cosima an der Leine. Maurice, in wilder Leidenschaft entbrannt, es musste Liebe auf den ersten Blick gewesen sein, stürzte sich auf Cosima. Brunhilde Himmelreich stieß einen gellenden Schrei aus. Es geschah, was geschehen musste. Es gab nichts mehr zu verhindern. Die reinrassige Hündin Cosima und der Mischling Maurice liebten sich vor den entsetzten Augen der Hundehalterin.

»Das hat Folgen«, sagte Brunhilde Himmelreich zu dem jungen Mann.

»Ja, klar, das glaube ich auch«, erwiderte dieser, relativ unbekümmert, fast belustigt. »Maurice war ja ganz schön aktiv eben.«

»Ich meine nicht, was Sie meinen. Es wird Folgen für Sie haben, junger Mann. Für Sie.« Sie fügte hinzu: »Ein Hund mit der Zeichnung des Lothringerkreuzes auf der Brust. Ein Franzose. Und vielleicht noch schlimmer als ein Franzose. Wer weiß, was da noch alles drin steckt. Das ist Verrassung. Verderblich für Mensch und Tier.«

Aus Brunhilde Himmelreichs stahlblauen Augen blitzte teutonische Entschlossenheit.

»Sie werden noch an mich denken.«

Was soll schon geschehen, außer dass Cosima, das edle Tier, von meinem Maurice süße kleine Hundchen bekommt, dachte Sebastian Raquet, als er sich auf den Heimweg machte. Der vierbeinige Erbfeind trottete ermattet nach dem Liebesabenteuer brav an der Leine.

Vielleicht ein Anruf von der Gemeinde, ich solle künftig besser auf meinen Hund aufpassen. Schlimmstenfalls eine Geldbuße. Diese böse Frau – diese Nazitante. Aber sie ist alt. Und vielleicht wird sie den Vorfall vergessen. Alte Frauen sind doch vergesslich.

Zwei Tage nach der amourösen Begegnung zwischen den beiden Hunden parkte Sebastian seinen Golf wieder gegenüber der Bäckerei. Es dämmerte schon. Bald würde die Bäckerei schließen, er musste sich beeilen.

Als er in der Schlange der Wartenden stand, erschien es ihm, als sähe er auf dem Trottoir Brunhilde Himmelreich, die um seinen Wagen strich. Sebastian schloss niemals die Autotür ab, denn die beste Versicherung gegen Diebstahl war der wenig verlockende Zustand seines Autos. Er war recht hungrig, da er geradewegs von der Arbeit kam, und kaufte reichlich ein. Er freute sich auf den Feierabend und auf Maurice, der, während er im Büro war, von einem lieben älteren Nachbarn, Walther Kadel, versorgt wurde.

Sebastian Raquet ging zum Auto und stieg ein. Automatisch griff er, da er wirklich sehr hungrig war, in die Ablage rechts neben dem Fahrersitz, wo er immer Pralinen und Kekse in einer Dose bereithielt. Für den kleinen Hunger unterwegs und zwischendurch. Er griff nach einem Keks, es war der letzte und er war mit einer leckeren Schokomasse gefüllt. Sebastian Raquet konnte sich nicht erinnern, diese Sorte Kekse gekauft zu haben, aber das war ihm egal. Der Keks schmeckte köstlich.

Kurz bevor Sebastian Raquet in seine Straße einbiegen konnte, überfiel ihn eine große Übelkeit. Er musste anhalten. Schweißgebadet fiel er mit dem Kopf vornüber aufs Lenkrad, und bevor sein Herz stillstand, flimmerte ein Bild vor seinen Augen auf. Im Rückspiegel, so erinnerte er sich nun, war eine Gestalt zu sehen gewesen, alt und gebückt, die einen kleinen Hund hinter sich her zerrte. Der Schein der Straßenlampe gegenüber der Bäckerei hatte ein Gesicht erhellt, hämisch grinsend. Eine alte Frau mit blondierter Hochfrisur oder ein altjüngferlich wirkender Teenager?

Dunkle Nacht hüllte den jungen Mann ein, und die Frage blieb für immer unbeantwortet. Maurice trauerte um sein junges Herrchen, doch der Nachbar, Walther Kadel, nahm sich seiner an. Nicht jeder legt Wert auf einen Rassehund.

Der Untermieter

Eigentlich hätte ich eine Rettungsmedaille verdient, denn ich habe meinem Frauchen in allerletzter Minute das Leben gerettet. Verblendet war sie, blind vor Liebe, und diese Verblendung ist ihr beinahe zum Verhängnis geworden.

Ich, der Kater Oskar, Oskar mit k, war wachsam von Anfang an.

Oskar hat mich mein Frauchen genannt, und dies aus doppeltem Grund.

Menschen lieben es, ihren Haustieren Namen zu geben, die sie an berühmte Leute erinnern, die sie bewundern und verehren. Ich verdanke meinen Namen zwei berühmten Toten. Einem toten englischen Dichter, Oscar Wilde, gestorben im Jahr 1900, und einem toten österreichischen Schauspieler, Oskar Werner, gestorben 1984.

Ich weiß, Sie werden nun sagen, Oscar Wilde wurde mit c geschrieben, aber wenn mein Frauchen mich rief, klang es gleich, ob mit c oder mit k.

Und nach allem, was vorgefallen ist, denke ich, dass mein Frauchen, Katharina Klein, den toten Schauspieler dem toten Dichter vorgezogen hat.

Deshalb ganz entschieden: Oskar mit k. Wie in Oskar Werner.

Alles begann an jenem unseligen Frühlingstag, dem 21. April vor einem Jahr.

Es gab gewisse Anzeichen, die ich im Nachhinein als ominöse Vorzeichen deuten möchte. Mein Frauchen hatte zum Beispiel, ganz gegen ihre sonstige Gewohnheit, vergessen, mir ausreichend Futter hinzustellen, bevor sie zur Arbeit ging. Während ich auf dem Balkon auf ihre Rückkehr wartete, fiel mir auf, dass die frisch erblühte Glyzinie so süßlich roch, dass es mir fast den Atem nahm, und dann, gegen Mittag, fuhr dieser große Umzugswagen vor unserem Haus vor. Es war nicht unser Haus, wir wohnten zur Miete in der neugotischen Villa in der Heidelberger Panoramastraße. Die Wohnung, die auf halber Etage war, ein sogenanntes Mezzanin, war vor zwei Monaten leer geworden, und nun, schien es, zog ein neuer Mieter ein.

Hoffentlich ein Student oder eine ältere Dame, die waren meist die Verträglichsten und liebten, so hatte ich zumindest die Erfahrung gemacht, Tiere, besonders aber Katzen. Oben von meinem Beobachtungsposten aus hatte ich den schönsten Blick: Die Panoramastraße machte ihrem Namen alle Ehre, doch an jenem Tag schaute ich nicht über die Dächer Heidelbergs zum Headquarter hinüber bis in die Rheinebene und zu den Bergen der Haardt, sondern hinunter auf das Geschehen, das sich auf der Straße abspielte. Zwei Männer, wahre Muskelpakete, luden nach und nach Möbel von seltener Scheußlichkeit aus. Die Krönung waren zwei schäbige lila Sessel, dazu eine Stehlampe mit einem Lampenschirm in Knallorange, eine abgeschrammte Schrankwand und ein Sofa, schäbig wie die Sessel, aber in Giftgrün. Dieses Mobiliar ließ auf einen Besitzer mit einem höchst bizarren Geschmack schließen. Mieter oder Mieterin? Das war die Frage, auf die ich bald darauf eine Antwort bekam.

Eine halbe Stunde nach Ankunft des Möbelwagens fuhr ein klappriges Auto vor, und ein Mann Mitte vierzig stieg aus. Vom ersten Moment an spürte ich ein Unbehagen, das ich aber noch nicht gleich einordnen konnte. Verstehen Sie mich nicht falsch, weder die schäbigen Möbel noch das klapprige Auto störten mich, ich bin kein Materialist und ich beurteile Menschen nicht nach ihren Besitztümern. Ich verachte keinen, nur weil er nicht wohlhabend ist.

Etwas kam mir bekannt vor an dem Mann, der übrigens recht gut aussah. Er war von einer Hübschheit, die schon ein wenig hinübergleitet in leichtes Altern. Er neigte wohl dazu, dicklich zu werden.

Er rief etwas zu den beiden Muskelmännern hinüber, die gerade eine kitschig bemalte Truhe schleppten, und da fiel bei mir der Groschen. Es war der österreichische Dialekt, der Tonfall des neuen Untermieters, welcher mich erkennen ließ, an wen er mich erinnerte. Der Neue glich Oskar Werner, dem Idol meines Frauchens. Nun war Oskar Werner, der Echte, ein sympathischer, sensibler Mann mit einer ebenso sympathischen, sensiblen Stimme, wie ich von den Schallplatten-Aufnahmen her wusste, denen Katharina Klein, mein Frauchen, fast jeden Abend und besonders an ihren einsamen Wochenenden lauschte. Selten sah sie fern, dafür hörte sie Radiohörspiele und eben diese Schallplatten, von Oskar Werner besprochen. Es waren unzählige.

Eigentlich hätte ich den neuen Mieter ebenso sympathisch finden müssen wie den Mann, dem er auf so frappante Art glich.

Aber da war etwas in der Stimme, im Auftreten dieses Doppelgängers, das anders war. Des Untermieters Stimme hatte etwas Hartes, Barsches an sich, und sein Auftreten erschien mir arrogant und herrisch. Er gab den Möbelpackern Anweisungen in einer Art, die man nur als schroff und von oben herab bezeichnen konnte.

Nach einigen Stunden war der Umzug fast vollzogen, vom Treppenabsatz her hörte ich, wie der Untermieter den Männern befahl, die Stufen zu säubern, denn ihre »derben Stiefel« so sagte er, hätten doch Abdrücke hinterlassen. Ich sah, wie die beiden Männer in den Lkw einstiegen. Der eine sagte: »So ein Fatzke. Und so ein Geiznickel dazu. Keinen Pfennig Trinkgeld hat er uns gegeben. Nach all der Plackerei.« Sie knallten die Autotüren zu und fuhren davon.

Kurz darauf kam mein Frauchen von der Arbeit zurück. Sie arbeitete als Bibliothekarin der Stadtteilbibliothek von Rohrbach. Der neue Untermieter polterte im Treppenhaus umher, er schien ein kleines Möbel auf dem Absatz vor seiner Wohnung aufzustellen, vielleicht eine Blumenbank oder ein Schuhschränkchen.

Ich hörte, wie mein Frauchen die Treppe heraufkam, und eine Männerstimme, die sagte: »Küss'd Hand, gnä' Frau.«

Kurze Zeit danach wurde die Wohnungstür aufgeschlossen, und ich merkte, dass etwas passiert war. Sonst kam Katharina Klein immer zuerst ins Wohnzimmer und an mein Katzenkörbchen, ich wurde begrüßt und umarmt und mit den Worten bedacht: »Hallo, mein lieber Oskar, alles in Ordnung?«

Heute geschah nichts dergleichen. War mein Frauchen krank, unpässlich, hatte es Ärger bei der Arbeit gegeben?

Ich eilte in den Flur hinaus.

Da stand Katharina Klein wie angewurzelt an der geschlossenen Tür, ihre Hand ging zu ihrer Stirn, dann zum Herzen hin, sie atmete schwer, die Augen waren geschlossen, sie war totenblass. Eine Herzattacke? Was sollte ich armes, hilfloses Tier nur machen?

Da lächelte mein Frauchen, schaute träumerisch in die Ferne, als wolle es durch die Tür hindurchsehen, in Richtung Treppenhaus, und dabei seufzte sie tief. Schlagartig begriff ich, welcher Art die Herzattacke war ... da hatte sich jemand verliebt. Das Oskar Werner-Double, natürlich, wer sonst! Das war es also.

Keine Begrüßung: »Hallo Oskar, alles in Ordnung?« Kein Kraulen und kein freundlicher Blick.

Stattdessen: Nichtbeachten meiner Wenigkeit, ein flüchtiges: »Ach du, Oskar.« Eine magere Abendration, wo es sonst immer eine üppige Mahlzeit gab. Sie selbst aß nichts.

Sie hörte sich Oskar Werner an, wen sonst, Rilke zitierend: *Du musst das Leben nicht verstehen ...*

Oskar Werners schöne, weiche Stimme. Die harte Stimme des Untermieters klang mir im Ohr. Hatte sie den Unterschied nicht bemerkt? Liebe macht wohl nicht nur blind, sondern auch taub.

Bis nach Mitternacht lauschte mein Frauchen Oskar Werners Stimme, obwohl sie meist schon um zweiundzwanzig Uhr zu Bett ging. Dabei sah sie ständig zu dem riesigen großen Filmposter hin, das Werner in seiner Rolle als Feuerwehrmann Montag in dem Truffaut-Film *Fahrenheit 451* aus dem Jahr 1966 zeigte. Und in der Tat, ich konnte es nicht leugnen, die Ähnlichkeit des Schauspielers mit dem neuen Untermieter war verblüffend. Zumindest äußerlich.

Dem nächsten Tag sah ich voller Unruhe entgegen, und die Unruhe war berechtigt.

Es wurde geklopft und gehämmert und geschoben und gerückt in der Wohnung im Halbparterre unter uns, aber gegen halb sechs, der Zeit des Heimkommens meines Frauchens, wurde es ruhiger, im Treppenhaus wurde ein Stuhl geschoben. Ich ahnte, warum. Der Kerl wartete, bis Katharina Klein von der Arbeit zurückkommen würde.

Tatsächlich.

Schritte, die die Treppe hochkamen, dann das schmalzige:
»Küss'd Hand, gnä' Frau.«

Eine geschmeichelte Frauenstimme:»Das ist aber eine nette Begrüßung.«

Pause.

Dann wieder die Frauenstimme:»Wissen Sie, dass Sie Oskar Werner, dem Schauspieler, ähnlich sehen?«

»Den mögen Sie wohl?«, kam es schmeichelnd und geschmeichelt zurück.

»Ich verehre ihn. Ein exzellenter Schauspieler.«

»Ich habe mich Ihnen noch gar nicht vorgestellt«, sagte der Mann.»Nowak. Ferdinand Nowak. Geboren in Wien. Schriftsteller.«

Schriftsteller. Auch das noch. Mir schwante Schreckliches. Ob er Groschenromane verfasste, schmierige Rührstücke von einsamen Frauen und Märchenprinzen, oder gar Kriminalromane der übelsten Sorte mit Kettensägen-Mördern und Ritualkillern? Ich hätte es ihm zugetraut.

»Schriftsteller. Ach«, hörte ich die weibliche Stimme hauchen.»Wie wär's, wenn Sie morgen zum Tee kommen? Heute bin ich doch zu müde von der Woche. Aber morgen, am Samstag ...«

Und er sagte zu. Natürlich. Das Unheil nahm unaufhaltsam seinen Lauf.

Am Ende des Teezeremoniells nannte mein Frauchen den Untermieter Ferdi, er nannte mein Frauchen Catherine, das französische Catherine natürlich, wie in dem Truffaut-Film *Jules et Jim* aus dem Jahre 1962.

»Das gleiche archaische Lächeln haben Sie, Catherine, wie Jeanne Moreau. Das archaische Lächeln der griechischen Statue, das Jim und Jules so fasziniert, das Lächeln, das sie bei Catherine wiederfinden.«

»Jules, pardon, Ferdi«, hauchte mein Frauchen, »das ist zu viel der Ehre.«

Man muss sagen, dass mein Frauchen eine gute Seele ist, auch sehr belesen und gebildet, doch Männer haben bisher in ihrem Leben keine Rolle gespielt, außer in idealisierter Form wie eben der tote Dichter Oscar Wilde und der tote Schauspieler Oskar Werner. Archaisches Lächeln, dass ich nicht maunze. Die Oskar-Werner-Reinkarnation nahm, statt zu antworten, die Hand der archaisch Lächelnden und küsste sie schmatzend. Ekelhaft.

»Auch ich hatte ein Kätzchen«, säuselte er. »Ich musste es einschläfern lassen. Mitzi hatte Krebs. Schauerlich. Nie mehr möchte ich ein Tier haben, es würde mir das Herz brechen, wenn ich nochmal ein liebes Tierchen verlieren müsste.«

»Sie Guter. Wer Tiere liebt, muss gut sein.«

Sie fügte hinzu: »Im Vertrauen gesagt, ich vermache meine ganze Habe dem Tierheim und den Straßenkatzen, und ich sorge dafür, dass Oskar in gute Hände kommt ... falls ich ...«

Liebe, wie gesagt, macht taub und blind. Und töricht.

Mein Frauchen ging in die Küche und kam mit zwei Likörgläsern und einer Flasche mit grünem Zeug, es war irgendetwas Italienisches mit Alkohol, zurück. Sie, die niemals etwas anderes trank als Tee, genehmigte sich zwei Gläser, randvoll mit diesem Teufelszeug, das die Zunge löst, das Gehirn vernebelt, die Menschen unbedacht und leichtsinnig werden lässt.

»Ja, mein Herz schlägt für die Tiere«, sagte sie mit unsicherer Stimme. »Mein Erspartes, das ich keiner Bank anvertrauen würde, wird den armen herrenlosen Tieren zukommen. Und Oskar natürlich.«

Der Untermieter hatte an seinem Likör nur genippt, hellwach vernahm er die Worte meines in jeder Hinsicht berauschten Frauchens.

»Sie Gute«, sagte er nun, hingerissen von so viel Großmut.

Er nahm wieder Katharina Kleins Hände.

»Catherine«, sagte er.

»Jules, pardon, Ferdi«, erwiderte sie.

Ich lag die ganze Zeit über in meinem Katzenkorb und muckste mich nicht.

Mein Frauchen ging auf wackligen Beinen in die Küche, um Knabberzeug zu holen.

Die Reinkarnation des göttlichen Oskar Werner sah vom Sofa aus zu mir hinüber und murrte: »Hässlicher Kater, struppiger«, und zu allem Überdruss kam er an mein Körbchen und gab mir einen bösen Knuff. Ich fauchte.

»Oskar, nein, was fällt dir ein«, schimpfte mein Frauchen, das nie mit mir schimpfte.

Diese Ungerechtigkeit. Ich war froh, als der Untermieter endlich gegangen war.

Summend kam Katharina Klein aus dem Flur in das Wohnzimmer gesegelt, ohne mich zu beachten. Summend ging sie zu Bett. Ich grollte und machte vor lauter Sorgen die ganze Nacht kein Auge zu.

Am Sonntag wiederholte sich die Likör-Orgie und der Abend endete damit, dass Catherine und Jules sich näher kamen. Sehr viel näher. Ich schlich heimlich aus dem Zimmer, verkroch mich in der Rumpelkammer, um weder akustisch noch optisch etwas mitzukriegen von der amourösen Begegnung. Mir diskretem Kater war die Szene so ungeheuer peinlich.

Am Montagmorgen verließ mein Frauchen – summend natürlich – die Wohnung, und gegen Mittag spitzte ich die Ohren, als ein Schlüssel im Schloss umgedreht wurde.

Oje. So früh schon von der Arbeit zurück?

Es war ein ungebetener Gast. Der ungebetene Gast war der Untermieter. Er durchsuchte alle Schubladen, und er wurde offenbar fündig. In einer Schutzhülle, ganz zuunterst in der bauchigen Kommode, lagen mehrere dünne Bücher. Ich wusste, dass es nur die Sparbücher von Frauchen sein konnten.

Die Reinkarnation pfiff durch die Zähne.

»So viel?«, sagte er laut und ungläubig.

Ja, mein Frauchen war sparsam: das Tierheim, die Straßenkatzen, ich selbst. Wir würden gut leben können von all dem Geld, wenn ... Aber dem Frauchen würde nichts passieren, jung wie es war, erst Ende vierzig.

Düstere Vorahnungen beschlichen mich.

Der Untermieter verließ leise die Wohnung, nicht ohne mir vorher einen rohen Tritt zu verpassen. Ich würde äußerst wachsam sein müssen, etwas braute sich zusammen, ich spürte es instinktiv.

Zwei Wochen lang geschah nichts außer den üblichen amourösen Begegnungen. Die Rumpelkammer wurde meine Dauerbleibe. Ich magerte ab, denn mein Frauchen war im siebten Himmel, weit weg von dem, was auf Erden und in nächster Nähe geschah, und vergaß mich fast zu füttern. Sie war blind, taub, töricht.

Das Oscar Wilde-Bildnis wurde abgehängt (das, auf welchem er noch ganz jung ist und schwarze Kniebundhosen trägt), Ferdi Nowaks Foto kam an seine Stelle, in Großformat.

Ich wurde allmählich unruhig, denn der Status Quo konnte nicht andauern.

Es würde etwas geschehen, und zwar bald. Nach drei Wochen dann geschah das Unvermeidliche, das ich erahnt hatte.

Ich habe vergessen zu erwähnen, dass kurz zuvor Katharina Klein ihrem Jules Oskar-Ferdi ein Dokument zeigte, das ihr abgeändertes Testament war: Sie las es laut vor, ganz feierlich. Sie hatte Ferdi eingesetzt als Erben, allerdings unter der Bedingung, er müsse für mich, Kater Oskar, sorgen. Oh ja, er würde mich *ent*sorgen, nicht *für* mich sorgen. Wer würde daran zweifeln? Vergessen das Tierheim, vergessen die streunenden Katzen, die Armen. Alles war bald darauf notariell besiegelt worden.

Ferdi Nowak kam zum trauten Schäferstündchen, pfeifend. Bestens gelaunt.

Das Likörritual wurde zelebriert, mittlerweile war mein Frauchen bei drei Gläschen des grünen Pappzeugs angelangt, und sie ging in die Küche, um Knabberzeug zu holen. Ich lag ganz still im Körbchen, ganz ruhig, um kein Missfallen zu erregen und den tierlieben Galan nicht zu reizen.

Und da sah ich aus meinen schrägen Augen, wie Ferdi Nowak ein Fläschchen aus seiner Jackentasche hervorholte und einige Tropfen davon in das Likörglas meines Frauchens träufelte. Blitzschnell ging alles, und das Fläschchen verschwand wieder in der Jackentasche. Ich musste handeln. Leise und unbemerkt schlich ich zur Küche. Wie gut, dass wir Katzen so diskret und unauffällig agieren. Ich musste, um mein Frauchen zu retten, ihm wehtun.

Ich stellte mich der Beschwipsten in den Weg, sie war reichlich unsicher auf den Beinen, das war ein Vorteil. Sie stolperte, schrie, ich hastete zurück ins Wohnzimmer. Der Galan war vom Sofa hochgesprungen und kam der Verunglückten zu Hilfe.

In Windeseile und geschickt, wie wir Katzen nun eben mal sind, schob ich das Likörglas mit dem Gift zu dem Mann hin, das giftlose Glas schob ich an die Stelle, an der mein Frauchen saß.

»Nochmal gut ausgegangen«, sagte der Hilfsbereite. »Auf den Schrecken musst du nun aber einen Schluck trinken, Catherine.«

»Du hast Recht, Ferdi.«

Es ging nun zum Glück doch alles recht schnell. Der Galan wurde nach dem ersten Schluck auf einmal sehr, sehr müde. Fast lächelnd sank er seitwärts in die Kissen und schien zu schlafen. Er schlief einen sehr tiefen Schlaf. Mein Frauchen, plötzlich hellwach und nüchtern, versuchte den Freund wiederzubeleben, war schon dabei, den Arzt anzurufen, doch ich hüpfte auf das Telefon, von da zum Tisch, warf das Giftglas um, maunzte.

Frauchen schien im wahrsten Sinn des Wortes ernüchtert, wach, hellwach.

»Was weißt du, Oskar, das ich nicht weiß?«

Ich strich um ihre Beine, maunzte und maunzte.

Sie ging mit den beiden Gläsern zur Küche, roch abwechselnd an einem, dann am anderen Glas, rief aus: »Das gibt es doch nicht.«

Dann wusch sie wie in Trance die Gläser aus, trocknete sie ab, stellte sie in den Gläserschrank zurück, ging zurück ins Wohnzimmer.

Sie zog den toten Galan an den Beinen, schleifte ihn zum Treppenhaus und in das Mezzanin hinunter in seine Wohnung.

Dann ging sie seelenruhig in unsere Wohnung zurück. Ich hatte im Treppenhaus gewartet und passte auf, dass niemand von den andern Bewohnern unsere Wege kreuzte. »Schmiere stehen« nennt man das, glaube ich.

Am nächsten Morgen, Frauchen war zur Arbeit gegangen, fuhr ein Krankenwagen vor. Ich sah von oben, wie eine Gestalt auf der Bahre in den Wagen geschoben wurde.

Die Hausbewohner erzählten sich, dass der neue Mieter, wie der Arzt festgestellt habe, an einer schweren Krankheit litt. Das war sehr vorausschauend von dem Exgalan meines Frauchens gewesen, ein Gift auszusuchen, das, wie es den Anschein hatte, keinerlei Spuren hinterließ. Er hatte an alles gedacht. Fast an alles.

Ich werde ein bisschen zu rundlich in letzter Zeit, denn mein Frauchen, voller Dankbarkeit, füttert mich mit den besten Delikatessen. Das Bildnis Oscar Wildes hängt übrigens wieder an seinem alten Platz, und vielleicht ist das c nun definitiv an die Stelle des k getreten.

Oscar mit c.

Die Katze, die ein Hund war

Seit gestern weiß ich, was meine Mama selig damals meinte, als sie sagte, ich sei aus der Art geschlagen.

Ich habe die Szene noch ganz plastisch vor mir, dabei ist es schon etwa drei Jahre her. Mama Dolly lag gerade auf dem gemütlichen Plüschsofa der Witwe Winterschaid, unserer Besitzerin, sie räkelte sich und schnurrte, und so tat sie den legendären Ausspruch: »Sie füttert uns und sie pflegt uns, die Winterschaid. Wir müssen Götter sein.«

Ich konnte nicht an mich halten. Diesmal nicht. Ich widersprach, was selten vorkommt bei mir, Mamas bravem Sohn, Tristan. Vielleicht lag es daran, dass ich gerade in der Pubertät war.

»Im Gegenteil. Du irrst dich. Sie füttert uns, sie pflegt uns. Nicht *wir* sind die Götter, *sie* muss eine Göttin sein.«

Wie von der Tarantel gestochen, fuhr meine sonst so träge Frau Mama vom Sofa hoch, streckte die Krallen nach mir aus, und unter bedrohlichem Gefauche rief sie:

»Du bist wahrlich aus der Art geschlagen, mein Sohn. Du redest nicht wie eine Katze, sondern wie ein … ich wage das Wort kaum auszusprechen, wie ein Hund. Schande über dich. Mir aus den Augen.«

Beschämt und voller Schuldgefühle schlich ich von dannen und wagte mich den ganzen Tag nicht mehr in die Wohnung.

Die liebe Witwe Winterschaid, die mich sehr mochte, mehr noch, glaube ich, als meine egoistische, gleichgültige Frau Mama, rief nach mir, unaufhörlich, bis spät in die Nacht, dann ging sie achselzuckend ins Haus. Ganz traurig sah sie aus. Ich beobachtete alles genau durch ein Loch vom Schuppen aus, wo ich mich ganz oben versteckt hielt.

Meine Mutter dachte nicht daran, mich zu suchen. Sie hielt ein Schäferstündchen mit ihrem Galan, dem windigen Kater der Nachbarn, einem besonders unsympathischen Kerl. William, der sich für Wilhelm den Eroberer hielt, wie er sich einmal meiner Mutter gegenüber brüstete.

»*William the Conqueror*«, prahlte er. »Eine Reinkarnation bin ich. Eine Wahrsagerin hat es mir versichert. Zufällig in Deutschland als Kater wiedergeboren.« Und er hatte dabei anzüglich gelacht.

Meine Mutter glaubte ihm, ich aber verachtete ihn, wie ich alle Blender und Angeber verachte, ja hasse.

Die William-Dolly-Liaison dauerte nicht lange. William wurde von einem Traktor erfasst, und meine Mama starb bald darauf, eine Folge ihrer Fresslust und Unmäßigkeit, so muss ich es leider ausdrücken. Meine Mutter selig möge mir die deutlichen Worte verzeihen.

Aber zurück zu jenem Tag, an dem ich viele Stunden im Schuppen verbrachte, reuig, aber dennoch voller Groll und mit jenem zermürbenden Gefühl, unverstanden zu sein von aller Welt.

Ich lag oben im Stroh und sinnierte so vor mich hin. Da hörte ich ein Bellen unter mir. Es war Tom, der große Hund mit dem schönen sandfarbenen Fell, der am Ende der Straße wohnte und immer etwas traurig und ernst dreinschaute. Er war, das spürte ich, mein Freund.

Voller Beunruhigung sprang er an der Leiter hoch, die zur

Scheune hochführte, und er bellte und bellte. Ich verstand seine Sprache nicht, aber ich spürte, dass er mich in Gefahr wähnte und mich erretten wollte. Eine gute Seele, das sagte mir mein Instinkt.

Ich lugte oben aus meinem Versteck hervor, und sofort begann Tom, freudig mit den Pfoten an der Leiter zu rütteln, während er heftig mit dem Schwanz wedelte. Schwanzwedeln, das war Hundesprache für Freude pur, soviel wusste ich, obwohl ich nur eine Katze war.

Eigentlich hätte ich nach Katzenart dem Hund Tom von oben aufs Fell springen müssen, meine Krallen hätten ihn verjagt, doch ich konnte ihm nichts Böses tun, konnte ihn einfach nicht als meinen Feind ansehen. William, Mutters Galan, hasste Tom und hatte ihn, der keiner Katze jemals etwas zuleide tat, einmal am Auge verletzt.

Nun, seit einigen Tagen weiß ich, warum ich kein Katzenhasser sein kann. Ich habe eine Hundenatur, eine Hundeseele. Das hatte Mama selig gemeint, als sie mich als »aus der Art geschlagen« bezeichnete, ja beschimpfte. Meine Erkenntnis ist, wie bereits gesagt, erst einige Tage alt, und so kam alles:

Die Witwe Winterschaid hat sich vor einiger Zeit einem Hobby zugewendet, das sich mittlerweile zur Obsession gesteigert hat. Sie befasst sich mit chinesischer Astrologie, vor allem mit den chinesischen Tierkreiszeichen.

Bücher en masse zu diesem Thema übersäen Tische und Stühle und das Sofa, auf dem ich seit Mamas Tod – mit schlechtem Gewissen zwar – thronen darf, das heißt, ich begnüge mich bescheiden mit einer Stelle auf der linken Armlehne, wo ich recht unauffällig ruhe und wache.

Wie unkatzenhaft, höre ich Mama vom Katzenhimmel oder vielleicht eher von der Katzenhölle her fauchen, und sie würde unweigerlich zischen: »Du bist völlig aus der Art geschlagen.«

Eines der astrologischen Bücher lag auf einmal vor mir auf dem kleinen Couchtisch, ich wurde neugierig und las, ich konnte nicht mehr aufhören. Das Kapitel über das Tierkreiszeichen *Hund* war es, das mich fesselte, nicht mehr losließ. Ich las die ganze Nacht hindurch, bis der Morgen anbrach. Da war meine Seele bis ins kleinste Detail beschrieben. Ich war im Jahr des Hundes geboren, die Daten trafen genau auf mich zu, und auch die Eigenschaften meines Wesens waren Hundeeigenschaften: meine Schüchternheit, die ewigen Schuldgefühle, die Unfähigkeit, mich für göttlich und einzigartig zu halten, wie meine Mutter das von sich behauptet hatte. Meine Hingezogenheit zu Hunden, mein Wachinstinkt und meine Demut, wo Katzen nach Katzenart hoffärtig und arrogant sind.

Und meine Hundenatur war es, die jemandem letztendlich das Leben rettete und einem anderen Wesen das Leben nahm. Das geschah alles gestern, und ich kann es selbst noch nicht fassen.

Tom, mein Hundefreund, der in letzter Zeit sein Alter spürt (er ist schon achtzehn Jahre alt, für Hunde schon fast ein biblisches Alter), besuchte mich für ein Stündchen. Mittlerweile beherrsche ich die Hundesprache, und ich erzählte ihm von meiner sensationellen Entdeckung, dass ich eigentlich ein Hund in Katzengestalt sei: außen Katze, innen Hund, denn mein chinesisches Tierkreiszeichen habe mich wohl so geprägt.

Tom lachte mich nicht aus, wie ich befürchtet hatte. Er war eben ein echter Freund.

... die im Zeichen des Hundes geboren sind, sind die treuesten Freunde, die bei schweren Schicksalsschlägen immer da sind. Wenn es große Prüfungen in Ihrem Leben gibt, zählen Sie die Freunde, die Ihnen bleiben. Sie werden merken, dass darunter ein großer Prozentsatz von Hunden ist.

Doch zurück zu gestern: Tom, der nun in die Jahre gekommen ist, an Arthrose leidet und fast blind, fast taub ist, klagte mir, er glaube, sein Besitzer, der dicke Anton Moll, wolle ihn loswerden. Trotz seiner Schwerhörigkeit habe er nämlich ein Gespräch belauscht, woraus eindeutig hervorging, dass er seinem Besitzer lästig wurde, da er in Urlaub fahren wolle und nicht wüsste, wohin er Tom in seiner Hinfälligkeit geben sollte.

»Er ist kein Bösewicht«, sagte Tom, typisch Hund, zur Verteidigung seines Besitzers. Beinahe hätte er sich noch für seine Gebrechen entschuldigt.

»Ein Bösewicht ist er nicht. Aber er ist modern, und moderne Menschen wollen reisen, immerzu reisen. Stimmt's?«

Ja, Tom entschuldigte sich beinahe dafür, dass er diesem »lieben, modernen Menschen« zur Last fiel.

»Kein Bösewicht? Egoistisch ist er. Egoistisch und kaltherzig. Ob er in seinem früheren Leben eine Katze war?«, erwiderte ich ziemlich aufgebracht angesichts der Sanftmut, der Toleranz meines Hundefreundes.

Wie ich bereits andeutete, ging alles nun recht schnell. Zwei Stunden schon nach unserem Gespräch schnappte Toms Besitzer den lieben Hund und verfrachtete ihn ins Auto. Das bedeutete nichts Gutes. Es ging immer zum Tierarzt, wenn Tom ins Auto verfrachtet wurde, und ich reimte mir eins und eins zusammen. Ich durfte keine Zeit verlieren, jede Sekunde war kostbar. Ich schlüpfte, bevor die Wagentür zugeschlagen wurde, unbemerkt hinter den Fahrersitz und verhielt mich ganz still. Toms Unruhe sagte alles: Der Besitzer war auf dem Weg zum Tierarzt, und es gehörte nicht viel Fantasie dazu, sich vorzustellen, weshalb dieser Weg gewählt worden war. Bevor Tom eingeschläfert wird, sollst du eingeschläfert werden, du Unmensch, dachte ich.

Es galt nicht nur, keine Zeit zu verlieren, sondern auch, alles zu riskieren.

Ich sprang in einer Kurve von hinten dem dicken Moll ins Genick, er verlor die Kontrolle über den Wagen, das Auto überschlug sich mehrmals.

Das ist das Ende, dachte ich, nicht nur das von Moll. Aber es war nur Molls Ende.

Tom und ich konnten, etwas zerzaust und benommen zwar, durch die beim Aufprall geborstene Scheibe des Heckfensters entkommen.

Wie flink und geschmeidig doch wir Katzen und Hunde sind.

Auf dem Sofa, das nun Tom und ich einnehmen dürfen – die gutherzige Witwe Winterschaid erbarmte sich des armen verwaisten Hundes vom Nachbarhaus – liegt das Buch aufgeschlagen, das Buch über die chinesischen Tierkreiszeichen, und ich lese Tom die Zeilen vor:

Willst du einen Freund fürs Leben haben, dann suche dir einen im Zeichen des Hundes Geborenen aus.

Und mein Hundefreund wedelt mit dem Schwanz. Er lächelt.

Gretchen

Dies ist eine ungewöhnliche Geschichte, denn sie widerspricht dem, was man landläufig von lieben alten Damen und ihren Katzen so weiß. Die liebe alte Dame und ihre dicke, wohlgenährte Katze, das gehört fest zusammen, ist allen ein Begriff, man sieht die beiden bildlich vor sich: die einsame alte Dame, die Katze, die – als Liebesersatz sozusagen – auf dem von Häkelkissen übersäten weichen Sofa thront.

In einem kleinen westpfälzischen Dorf lebte aber einst eine Katze, deren Leben, zumindest bis zur entscheidenden, alles verändernden Zuspitzung mit tödlichem Ausgang für einen der Akteure, nicht gerade göttlich war.

Ida Fragstein, eine Arztwitwe, und ihre Katze Gretchen verband alles andere als Liebe. Nichts als Pflichtgefühl war es gewesen, was Ida Fragstein bewogen hatte, die Katze Gretchen, den Liebling ihres Mannes selig, nicht dem Nachbarn zu übergeben, der den fragwürdigen Ruf hatte, im Katzenertränken große Übung zu haben. Dieser Mensch, Hubertus Magnus Stemmke, gehörte zu jener Sorte christlicher Menschen, die jeden Sonntag fromm in die Kirche gehen und gleichzeitig ihre Mitkreaturen, die Tiere, als bloße Objekte betrachten, die der Krone der Schöpfung, dem Menschen, absolut untertan zu sein haben.

Ida Fragstein war kein böser Mensch, im Gegenteil, sie war gutmütig, mit einer gehörigen Portion Naivität, und ihren

Ehemann, den Arzt und Akademiker, hatte sie angebetet und verehrt. Daher brachte sie, die zu Tieren nicht die geringste Beziehung hatte, es nicht übers Herz, nach dem Ableben ihres geliebten Herrn Doktor dessen Liebling, Katze Gretchen, zu beseitigen. Gretchen war sozusagen eine Hypothek, ein lästiges Vermächtnis, doch erinnerte das Tier die trauernde Witwe durch seine Gegenwart an den für immer abwesenden Gatten, und so sollte es sein, wie Ida Fragstein sich seufzend sagte, wenn immer sie das Tier fütterte und versorgte.

Die funktionale Pflege war hervorragend, jedoch fehlte es an der Liebe, die für Tiere so wichtig ist, nicht anders als für Menschen, doch Ida Fragstein war unfähig zu dieser Regung. Ganz der geduldige, funktionierende Pflichtmensch, fütterte und pflegte sie die Katze ihres Verblichenen, das war sie ihm schuldig.

Gretchens wohlversorgtes, aber freud- und liebloses Katzendasein sollte eine Wende bekommen an einem für die Jahreszeit ungewöhnlich sommerlich heißen Gründonnerstag. Die Natur spielte verrückt in diesem Jahr. Schon vor Ostern waren die Osterglocken längst verblüht, die Glyzinien dufteten süßlich und verbreiteten gelblichen Pollenstaub auf Ida Fragsteins Terrasse. Die Bienen summten um die Glyzinien herum, eine fast unerträgliche Schwüle lag über Haus und Garten der Witwe.

Sie verreiste niemals, schon aus Angst vor Einbrechern, und in letzter Zeit gab es immer mehr Schreckensmeldungen von Einbrüchen in der Gegend. Eine Doppelverriegelung war schon längst angebracht worden, Sicherheit war das Zauberwort, dem auch die Witwe Tribut zollte.

Katze Gretchen lag im kleinen Maiglöckchenbeet, das den Vorgarten des für eine einzige Person sehr großen, zu großen Hauses schmückte. Die Maiglöckchen, obgleich giftig, störten die Katze nicht. Sie sonnte sich. Die wärmenden Sonnenstrahlen waren ein kleiner Ersatz für das, was Gretchens Leben fehlte: Liebe.

Da näherte sich ein Paar dem Anwesen der Arztwitwe. Ein Mann und eine Frau in altbackener Kleidung, der Mann mit einer Aktentasche, die er verkrampft unterm Arm hielt, die Frau mit einem langen Rock angetan und mit Schuhen mit Blockabsätzen. Ihr geschminkter Mund bildete einen grotesken Kontrast zu der eher konservativen Aufmachung.

Die Frau klingelte. Sie musste mehrmals klingeln, denn Ida Fragstein war fast taub.

Katze Gretchen in ihrem giftigen Maiglöckchenbeet, selbst unbeobachtet, da ein großer verblühter Rhododendronstrauch sie völlig verbarg, beobachtete die seltsamen Besucher.

»Nicht daheim, die Alte«, sagte der Mann.

Woher wusste er, dass Ida Fragstein alt war?

»Vielleicht auf dem Friedhof, um ihren Verblichenen, also sein Grab, zu gießen«, entgegnete die altbacken Gekleidete mit dem geschminkten Mund. »Gehen wir mal zur Terrasse ums Haus rum, komm.«

Der Mann öffnete das Gartentürchen, das einen Innenriegel hatte, keine Sicherheitsverriegelung. Die beiden gingen den Plattenpfad entlang. Katze Gretchen erhob sich von ihrem blumigen Lager und schlich den beiden Eindringlingen hinterher. Ein Schreckensruf aus Ida Fragsteins Mund ließ die Katze einen Satz unter den Magnolienbaum machen, der den Rasen schmückte, eine wahre Pracht in jedem Frühjahr. Sie schlich zu den Büschen, die um die Terrasse herum eingepflanzt waren, ideal zum Verstecken.

»Wir wollten Sie nicht erschrecken«, sagte der Mann mit zuckersüßer Stimme. Er öffnete die Aktentasche und kramte ein Pamphlet hervor, auf dem eine Art Turm zu sehen war. »Wir sind gesandt, Sie zu erretten. Ihre Seele zu erretten. Die Welt ist so schlecht.«

Die Frau setzte sich unaufgefordert in einen der Korbsessel, der Mann tat dergleichen. Ida Fragstein wollte etwas erwidern, setzte sich aber ebenfalls, wurde mit einem Redeschwall einfach ausgeschaltet. Sie war froh, einmal Gesellschaft zu haben. Da war jemand, der um sie besorgt war, um ihr Seelenheil bangte, sie erretten wollte. Das kam nicht alle Tage vor.

Die Witwe lauschte dem Redeschwall der beiden und war binnen kurzer Zeit gefangen wie eine Mücke im Spinnennetz. Schwieg der Mann, sprach die Frau. Schwieg die Frau, sprach der Mann. Sie sprachen von der Einsamkeit, der Orientierungslosigkeit, der Leere in Ida Fragsteins Leben, und sie mussten einen wunden Punkt getroffen haben.

»Bei uns sind Sie aufgehoben. In unserer Gemeinschaft wird niemand fallengelassen.«

Katze Gretchen verstand nicht alles, aber so viel war ihr klar, denn Tiere spüren alles hundertfach so stark wie Menschen: Hier wurde durch Falschheit ein naiver Mensch in die Falle gelockt. Nach zwei Stunden Dauerberieselung und unerträglichem Gesäusel holte der Aktentaschenmensch ein Dokument hervor.

»Ihr Seelenheil wird garantiert durch Ihre Unterschrift. Sie haben Ihr Schicksal sozusagen selbst in der Hand«, beteuerte er, indem er scheinheilig die Augen nach oben verdrehte.

Katze Gretchen wäre dem Mann liebend gern an die Kehle gesprungen, aber etwas hielt sie davon ab. Ich sollte lieber inkognito bleiben, sagte sie sich. Es ist besser, ich verhalte mich unauffällig. Dadurch kann ich langfristig vielleicht meinem naiven Frauchen besser dienen, als wenn ich dem Kerl ein paar Kratzer zufüge und er mir am Ende auflauert und mich totschlägt. Diesem Frommen ist alles zuzutrauen.

Sie dachte dabei auch an Hubertus Magnus Stemmke, den liebenswürdigen Nachbarn und Experten im Katzenersäufen.

Ida Fragstein zückte den Kugelschreiber und unterschrieb in ihrer schönen, exakten Schrift das dargereichte Dokument.

»Hier ein Durchschlag für Sie. Alles ist reell. Alles hat seine Richtigkeit«, sagte der Mann.

Die Frau neben ihm verzog den Mund heimlich zu einem Grinsen. Ida Fragstein merkte nichts davon, Katze Gretchen jedoch in ihrem Versteck entging nichts, auch nicht das heimliche Zeichen, das der Mann der Frau gab.

Gleich darauf fragte sie: »Darf ich bitte mal Ihre Toilette benutzen?«

Die Witwe beschrieb den Weg dahin, die Frau ging ins Haus und ließ sich lange, auffallend lange nicht mehr blicken. Als sie endlich auftauchte, machte sie dem Mann hinter dem Rücken der Witwe ein Siegeszeichen mit der Hand.

»So, nun müssen wir aber weiter. Noch andere Seelen warten darauf, errettet zu werden. Die Welt ist schlecht, es gilt, keine Zeit zu verlieren.«

Salbungsvoll sagte er dies, der Aktentaschenmensch.

Ida Fragstein, die naive Mücke, zappelte noch nicht im Spinnennetz, sie merkte nicht die Umgarnung durch die zwei tödlichen Kreuzspinnen. Mit einem letzten prüfenden Blick auf Garten, Terrasse und Haus verabschiedete sich das perfide Paar.

»Gottes Segen für Sie immerdar.«

Ida Fragstein, gerührt, begleitete die beiden bis zum Gartentürchen.

»Auf Wiedersehen«, sagte sie.

Das sollte sie sich besser nicht wünschen, dachte Katze Gretchen, die mittlerweile wieder unter dem Magnolienbaum saß und die rührende Abschiedsszene verfolgte.

Und sie sollten die beiden Besucher wiedersehen, nämlich vier Wochen nach der eben erwähnten Begebenheit. Es gab ein langes Gespräch zwischen dem Paar und Ida Fragstein, welches mit der Unterzeichnung eines Dokuments durch die Arztwitwe endete.

Am gleichen Abend noch hüpfte Gretchen auf den Schreibtisch – Ida Fragstein war zeitig wie immer zu Bett gegangen – und las das Dokument, das die Witwe am Vormittag so leichtsinnig, so gutgläubig, so bar jeder Vernunft, unterschrieben hatte.

Hiermit vermache ich, Ida Fragstein, der Gemeinschaft zum ewigen Seelenheil e.V., repräsentiert von Gertrude und Egbert Canisius, bei meinem Ableben mein gesamtes Vermögen, Haus und Grundstück zum Zweck der Unterstützung der aufopfernden Arbeit des Vereins. Gezeichnet: Ida Fragstein.

In den folgenden Wochen gab es drei Einbrüche nicht weit vom Haus der Witwe. Ida Fragstein war besorgt, aber nicht panisch wie zuvor. Sie vertraute auf die Vorsehung, die ihr nun, da ihr Seelenheil gut versichert war, behilflich sein würde. Nach dem Unterschreiben des Dokuments wurde Katze Gretchen zusehends unruhiger. Jede Nacht lag sie auf der Lauer. Unter dem Magnolienbaum, im Gebüsch hinter der Terrasse.

Eines Nachts kurz nach Mitternacht näherten sich ein Mann und eine Frau dem Haus Ida Fragsteins. Die Witwe war längst schlafen gegangen. Eine Tür wurde ausgehoben. Fachmännisch und lautlos. Gretchen schlich hinter dem Paar her, unbemerkt von den beiden.

»Die Alte wird vielleicht vor Schreck schon tot umfallen.«

»Verlass dich nicht darauf.«

»Du wirst doch nicht …«

»Doch, ich werde. Todsichere Sache. Die Einbrecher, die ihr

Unwesen treiben in der Gegend. Das ist eine gute Tarnung für uns.«

»Und das Testament?«

»Wer wird ein Testament für gute Zwecke anzweifeln? Der Zweck heiligt die Mittel.«

Vom Mondlicht erhellt, erblickte Katze Gretchen ein ziemlich langes Messer in der Hand des Mannes.

Gretchen beschloss, zu handeln, und ein Umstand kam ihr zu Hilfe. Das Haus der Arztwitwe war ausgelegt mit Brücken und Läufern. Die vielen, vielen kleinen Teppiche und Läufer in Ida Fragsteins Haus waren es letztendlich, die ihr nicht das Leben verkürzten, sondern ihr das Leben retten sollten.

Wie oft hatten die Nachbarn, die wenigen Verwandten, sie gewarnt.

»Wenn man im Alter hinfällt, ist es das Aus für die Selbständigkeit. Man hat einen Oberschenkelhalsbruch und landet im Krankenhaus, in der Reha und dann direkt im Pflegeheim.«

Halsstarrig hatte sie alle Warnungen ignoriert. Oft rutschte sie aus und war nahe am Stürzen, aber sie war zäh und hatte sich bisher nie ernstlich verletzt.

Katze Gretchen in ihrer Verzweiflung agierte spontan. Irgendetwas musste geschehen. Sie rollte den Ball, den ihr Ida Fragstein – aus Pflichtgefühl – einmal gekauft hatte, dem Mann vor die Füße. Er rutschte aus, und mit einem lauten, sehr unchristlichen Fluch stürzte er in sein eigenes Messer. Seine Begleiterin floh schreiend. In der Ferne hörte man, wie der Motor eines Autos angelassen wurde und sich ein Wagen in der Nacht entfernte.

Ida Fragstein, die Gutgläubige, war erwacht, und nicht nur aus ihren Träumen.

Als sie die Katze vor dem Läufer sitzen sah, vor sich den getöteten Mörder, als sie den Ball erblickte und das Messer in der Brust des Mannes, wurde ihr schlagartig bewusst, was vorgefallen war.

»Gretchen, du …?«

Ida Fragstein streckte die Hand nach dem Tier aus und strich ihm übers Fell.

Es war der Tag, an dem eine große Liebe zu einer Katze begann.

Die Mühle

Eigentlich hätte Kasimir einen Orden verdient. Aber Katzen verleiht man keine Orden, daher muss es genügen, dass ich Ihnen Kasimirs Geschichte erzähle.

Kasimir war ein Mühlenkaterchen mit einem herrlichen Fell in Rot-Braun-Weiß. Die Mühle war ein Katzen-Eldorado, denn an Mäusen mangelte es nicht, und das weitläufige Gelände war die ideale Spielwiese für einen abenteuerlustigen Kater, wie Kasimir einer war.

Er wohnte anfangs in der Mühle im Weschnitztal zusammen mit sieben anderen Katzen und Katern, älteren Familienmitgliedern, doch sie starben nach und nach, nur Kasimir blieb übrig. Als auch der alte Müller verstarb, ging die Mühle an andere Besitzer über. Der Müller, der sehr kirchengläubig gewesen war, hatte in seinem Testament verfügt, dass die katholische Kirche seinen Besitz übernehmen solle.

Eine Art Freizeitheim etablierte sich in der schönen alten Mühle. Seminare wurden veranstaltet und Freizeiten, zumeist für Kinder und Jugendliche, wurden in den Räumen abgehalten, die man geschmackvoll renovierte.

Nur die alte Scheune, Kasimirs Hauptaufenthaltsort, blieb ganz ursprünglich erhalten, und mit der Scheune und dem gesamten Anwesen wurde auch Kasimir von den neuen Besitzern übernommen. Weiterhin streunte er in Wiesen und Wald herum, er lungerte am Bachlauf und saß auf dem Kamin im großen Speisesaal mit den dicken Fachwerkbalken im unteren Stock.

Er war der Liebling der überwiegend jugendlichen Besucher der Mühle. Die Lieder, die gesungen wurden, kannte er auswendig, aber er verzichtete darauf, einzustimmen. Vielleicht hätte seine Katzenmusik nicht allen zugesagt.

Nun war Kasimir schon sieben Jahre lang der Hauskater der Mühle, davon drei Jahre unter der neuen Herrschaft.

Nie würde er jenen Tag im November vergessen, an dem er, der bisher gehätschelte, verwöhnte und allseits beliebte Kater, einen solch groben Tritt versetzt bekam, dass er fast die Treppe hinabgestürzt wäre, sich aber nach geschmeidiger Katzenart geschickt auffangen konnte und, am Fuß der Treppe einigermaßen heil gelandet, sich hochrappelte und, vom Sturz noch ganz benommen, nach oben sah.

Eine dicke Frau in einem langen schwarzen Kleid war es gewesen, die ihn so unsanft nach unten befördert hatte.

»Du Teufelsvieh, früher hat man euch mit den Hexen zusammen auf dem Scheiterhaufen verbrannt. Oder geröstet, geviertteilt und ersäuft. Fahr zur Hölle, du rote Bestie«, rief es höhnisch zu Kasimir hinunter. Die Stimme, die von oben an Kasimirs verwunderte Ohren drang, war keine Frauenstimme, sondern sie kam aus einer Männerkehle. Erst jetzt merkte Kasimir, wer ihm da den gemeinen Tritt versetzt hatte. Die dicke Frau war keine Frau im langen schwarzen Kleid, sondern ein dicker Mann in einer Soutane: ein Pfarrer. Er musste der Leiter der Gruppe sein, die am Nachmittag erst angekommen war. Kasimir hatte gesehen, wie eine Gruppe munterer acht- bis neunjähriger Kinder aus einem Reisebus ausgestiegen war.

»Hochwürden«, rief es aus dem Speisesaal.

Es war die Stimme der Mühlenbesitzerin.

»Hochwürden«, sie rief noch einmal, diesmal sehr laut, weil Hochwürden, ein Mann in fortgeschrittenem Alter, wohl etwas schwerhörig war.

In ihrer Stimme klang Bewunderung mit, ja Ehrfurcht vor diesem frommen Mann. Der Mann der Kirche, dessen dicker Bauch den Stoff der Soutane fast sprengte, bewegte sich unbeholfen in Richtung Speisesaal, woher schon ein Stimmengewirr zu vernehmen war.

»Die Lämmer sind schon vollzählig versammelt und warten auf ihren Hirten«, scherzte die Mühlenbesitzerin, die bezeichnenderweise Pia hieß.

Die beiden Frommen, Pia und der wohlbeleibte Pfarrer, gingen in den Speisesaal und ließen den armen Kater Kasimir draußen.

Nun ist es vorläufig vorbei mit dem gemütlichen Thronen hoch oben auf dem Kamin, seufzte Kasimir und schlich betrübt über den Flur zum Hof und in die Scheune, wo er wohl, wie es schien, für die nächsten Tage sein Dauerquartier beziehen musste. Er beschloss, das diktierte ihm sein Instinkt, möglichst unauffällig und zurückgezogen zu leben, bis die Reisegruppe mit dem dicken Pfarrer abgereist wäre.

Kasimir, harmoniebedürftig, vermied Provokationen, wo es nur ging, und vielleicht würde ihm ein ruhigeres Leben – zumindest für kurze Zeit – ohne Herumstreunen und in aller Abgeschiedenheit guttun. Da oben in seiner Scheune, dicht unter dem First und dem mit Mehlstaub bedeckten schweren Gebälk, hatte er sich schon vor einiger Zeit ein Plätzchen eingerichtet, das noch nie ein Mensch entdeckt hatte und das von einer Behaglichkeit ohnegleichen war. Man konnte von ganz oben, wie von einem Balkon, bis ganz nach unten sehen, ohne gesehen zu werden. Herrlich! Er würde aus der Not eine Tugend machen und hier wie ein Ritter in seiner Burg ausharren. Ja, ein Abenteuer war es, denn Kasimir besorgte sich wie ein Burgbewohner, der sich für eine mehrwöchige Belagerung rüsten musste, allerlei Essbares. In der Nacht schlich er in die Küche, wo er mehr als fündig wurde, und er schleppte den Proviant hoch in sein »Loft«. Er hatte den Ausdruck in dem Magazin *Schöner Wohnen* gelesen, das eines Tages im Speisezimmer am Kamin gelegen hatte.

Er verbrachte eine angenehme ruhige Nacht. Der Mond schien silbern und rund und fast metallisch glitzernd durch die kleine Dachluke, ein feiner Regen setzte ein und brachte die wenigen verbliebenen Blätter am Kastanienbaum zum Rauschen. Morgen, das wusste er, würde der Baum fast kahl sein. Oft war er den Kastanienbaum, der sein Lieblingsbaum war, hochgeklettert, und er wurde ein wenig traurig, wenn er an die kahlen Äste dachte und an die lange Winterzeit.

Doch der bevorstehende Winter konnte ihm nichts anhaben, solange es dieses Plätzchen hoch oben in der Scheune und – nach dem Abreisen der Gruppe mit dem dicken Pfarrer – das noch gemütlichere Plätzchen im Speisesaal oben auf dem warmen Kamin gab.

Das gleichmäßige sanfte Rauschen des Regens und der Kastanienblätter ließ Kasimir friedlich einschlafen. Er erwachte vom Rufen der Kinder im Hof, die um den Reisebus herumstanden.

»Herr Pfarrer Münch«, fragte ein Mädchen höflich. »Wie heißt bitte die Kirche, die wir heute besichtigen?«

Der Dicke antwortete unwirsch: »Hab ich doch schon gesagt. Du dummes Ding. Hast du keine Ohren?«

Das Mädchen, das sah Kasimir von seiner Dachluke aus, wurde rot, und einige Kinder kicherten.

»Ein wahrlich frommer Mann«, dachte Kasimir. »Er hasst nicht nur Tiere, sondern auch Kinder.«

Die Gruppe stieg in den Bus, der sogleich abfuhr und erst

am Abend gegen siebzehn Uhr wieder zurückkam. Es wurde schon dunkel, und dieser erste Tag in Kasimirs Eremitenleben war somit schon vorüber, ohne dass es einen größeren Zwischenfall gegeben hätte.

Der zweite Tag brachte ebenfalls nichts Aufsehenerregendes, denn die Gruppe machte wieder einen Ganztagesausflug, diesmal in ein Zisterzienserkloster.

Am dritten Tag jedoch wurde Kasimirs Einsiedlerleben von einem merkwürdigen und beunruhigenden Ereignis unterbrochen. Der vierbeinige Eremit in seinem Loft war gerade dabei, ein riesiges Stück Wellfleisch zu verspeisen, das er am Vorabend aus der Küche stibitzt hatte, als er hörte, wie die Scheunentür geöffnet und wieder geschlossen wurde. Auf dem gestampften Lehmboden unten tappten Schritte.

Kasimir aß sein Wellfleisch zu Ende, doch dann erfasste ihn die Neugier. Er lugte durch die Lücke zwischen zwei Dielen hindurch nach unten. Er erblickte eine Frau und ein Mädchen. Die Frau war rundlich und trug dunkle Kleidung. Sie setzte sich ins Heu und riss plötzlich das Mädchen mit sich.

»Nein, nein«, schrie das Kind entsetzt.

»Hab dich nicht so. Komm.«

Kasimir kannte die Stimme, die keine Frauenstimme war. Sie gehörte dem dicken Pfarrer. Pfarrer Münch. Der Mann atmete schwer und seltsam. Er grapschte nach dem Mädchen, doch dieses riss sich mühsam los und rannte, wie von tausend Teufeln gejagt, zum Tor hinaus auf den Hof. Es verschwand im Haus. Der dicke Mann unten stieß einen unfrommen Fluch aus.

»Verdammte kleine Hexe. Der Satan soll dich holen«, rief er.

Es klang genauso wie vor einigen Tagen sein Geschimpfe auf das »Teufelsvieh«.

Der Dicke erhob sich schwerfällig, strich sich die Soutane glatt und verließ die Scheune.

»Dummes Ding«, fluchte er noch einmal vor sich hin, bevor das Scheunentor quietschend ins Schloss fiel.

Kasimir dämmerte nun, dass das Mädchen das gleiche gewesen war, das von Pfarrer Münch vor allen Kindern lächerlich gemacht worden war.

Kasimir konnte sich auf die eben erlebte Szene keinen Reim machen, denn er verstand nicht, was ein erwachsener Mann mit einem Mädchen im Heu zu tun gedachte. Ausgewachsene Kater gaben sich nicht mit Katzenkindern ab, zumindest nicht auf diese Weise, die, so spürte Kasimir, etwas Böses und Unerlaubtes an sich hatte.

Er dachte jedoch nicht allzu lange nach und begab sich noch ein wenig auf nächtliche Mäusejagd, vielleicht, um sich abzulenken von diesem – das musste er zugeben – beunruhigenden Vorfall.

Am nächsten Tag um die Mittagszeit wurde Kasimir zum zweiten Mal in dieser Woche gestört, diesmal in seinem geheiligten Mittagsschläfchen.

Das Scheunentor wurde vorsichtig geöffnet, und zwischen den Dielen hindurch erblickte Kasimir das Mädchen von gestern. Es ging zur Scheunenwand und malte mit einem großen Stift etwas auf die große Lehmwand, vor der sich die gestrige Szene abgespielt hatte. Dann griff das Kind in seine Jackentasche und holte ein Papier heraus, das zusammengerollt war. Es steckte die Papierrolle behutsam in einen Spalt zwischen zwei großen Holzbalken, etwas unterhalb der Stelle mit der Zeichnung.

Das Mädchen sah sich vorsichtig nach allen Seiten um und verschwand leise und auf Zehenspitzen, verschloss die Scheunentür und rannte durch die Hintertür ins Haus.

Voller Neugier sprang Kasimir mit einem flinken Satz vom oberen auf den mittleren Zentralbalken und landete dann auf der Stelle mit dem vielen Heu, das den Lehmboden bedeckte. Auf der Lehmwand war eine kleine Zeichnung angebracht. Ein dicker Mönch, mit einem langen Kapuzenmantel angetan, griff mit übergroßen Pranken nach einem kleinen Kind, einem Mädchen. Es trug ein Tuch mit Tupfen um den Hals.

Die Augen des Mönchs unter der Kapuze traten gierig und monstergleich aus den Höhlen. Unter der Zeichnung standen zwei Buchstaben:

ö=ü

Ein Rätsel.

Kasimirs schlaues Hirn arbeitete blitzschnell und löste das Rätsel.

ö=ü. Mönch = Münch.

Das musste es sein.

Kasimir versuchte vergeblich, die Papierrolle aus der Ritze herauszuangeln. Unverrichteter Dinge und etwas frustriert begab er sich nach oben und versuchte zu schlafen, was nicht so gut gelingen wollte. Immer wieder wachte er auf und verfiel in Grübeleien. Am nächsten Tag überstürzten sich die Ereignisse.

Schon am frühen Morgen fuhr ein Polizeiauto unten im Hof vor. Zwei Polizisten, ein sehr junger und ein älterer, stiegen aus. Sie gingen ins Haus und kamen kurz darauf wieder hinaus, gefolgt von dem dicken Pfarrer und Pia.

»Es tut uns leid, aber wir müssen der Sache nachgehen. So ein anonymer Anruf ist zwar immer ein Ärgernis, aber vielleicht ist da wirklich jemand in Not«, sagte der ältere Polizist.

»Wer soll da in Not sein? In meiner Mühle? Alles ist so harmonisch, und Pfarrer Münch ist da, wer soll da in Not sein?«

»Ein Kind. Ein Mädchen hat uns angerufen.«

»Weshalb?«, wollte Pia wissen.

»Es geht ...« Der ältere Polizist zögerte, als sei ihm all dies äußerst peinlich.

»Es geht um eine Belästigung.«

»Welche Belästigung?« Pia verstand nicht.

»In der Scheune. Sie wissen schon. Im Heu.«

Pia war sprachlos.

Pfarrer Münch ergriff das Wort. Er war voller Entrüstung.

»Der Junge muss gefunden werden. Unverzüglich.«

Der Polizist zögerte abermals, dann sagte er: »Das Mädchen hat von keinem Jungen gesprochen, sondern von einem Mann. Einem ... Pfarrer.«

»Dann müsste ich das ja sein. Ich bin hier der einzige Pfarrer. Unerhört. Eine derartige Verleumdung. Diese verdorbenen Kinder von heute ...«

Er sprach nicht weiter.

»Gehen wir doch mal zum ... Tatort. Gehen wir in die Scheune, von der das Mädchen am Telefon gesprochen hat.«

Unsicher lachend folgte der dicke Pfarrer den beiden Polizisten. Pia, einem flatternden Huhn nicht unähnlich, folgte hintendrein. Kasimir fühlte, dass es an der Zeit war für sein Eingreifen in diesen Fall. Mit einem kühnen Satz sprang er von ganz oben auf die mit viel Heu bedeckte Stelle, wo der Mann das Kind belästigt hatte.

Wie wild scharrte er an einer Stelle im Heu und sah zu seinem eigenen Erstaunen ein weißes Tuch mit roten Tupfen auf der Erde liegen.

»Ist das nicht das Tuch von der kleinen Reni?«, rief Pia erstaunt aus.

Die Initialen R.H. waren auf dem Tüchlein zu sehen.

»Reni Huber, ja.«

Pia schaute Pfarrer Münch an. In ihren Augen lag nichts mehr von Bewunderung. In ihrer Stimme schwang keine Ehrfurcht vor dem frommen Mann mit, als sie ihn fragte:

»Das ist das Tuch der kleinen Reni, stimmt's?«

Eine Frage voller Zweifel und unausgesprochener Vorwürfe, die unbeantwortet blieb.

Kasimir gab nicht nach. Er schien rasend geworden zu sein, denn plötzlich sprang er an der Lehmwand hoch, immer und immer wieder. Die Polizisten folgten dem Tier.

Da, eine Zeichnung, sagte der jüngere Polizist.

Der böse und gierig dreinblickende Mönch, das Kind, die rätselhafte Schrift.

»ö=ü«, sagte Pia fast tonlos. »Mönch = Münch. Ist es das?«

Der dicke Pfarrer lachte beleidigt und sagte in dreister Selbstsicherheit: »Verleumdungen. Alles Phantastereien. Das dumme, dumme Ding.«

»Also wissen Sie sehr genau, wer angerufen hat, oder?«, fragte der ältere Polizist.

Er bekam keine Antwort.

Unterdessen gebärdete sich der Kater weiterhin wie toll. Er versuchte, mit den Krallen zwischen zwei Balken zu greifen, doch es gelang nicht.

Er maunzte fürchterlich, und der junge Polizist trat näher.

»Da ist ein Papier in der Mauerritze«, sagte er.

Er angelte mit spitzen Fingern die Papierrolle aus der Lücke und reichte sie seinem älteren Kollegen.

Er las den Inhalt des Schreibens laut vor:

Tut mir leid, dass ich »dummes Ding« zu dir gesagt habe. Meine liebe Reni, ich zeige dir heute Abend die jungen Kätzchen im Heu. Aber nur dir. Um siebzehn Uhr, vor dem Abendessen, wenn die anderen Kinder Bastelstunde haben. Sage niemand was davon.

Münch erblasste.

»Das dumme Ding«, murmelte er noch einmal.

Der ältere Polizist wies den jungen Kollegen an, den »Herrn Hochwürden« unauffällig ins Polizeiauto zu befördern.

»Tut mir leid«, sagte er zu Pia, die entgeistert dem einst verehrten frommen Mann nachblickte, der achselzuckend und mit einem halb spöttischen, halb gekränkten Gesichtsausdruck widerwillig ins Auto stieg.

»Das Katerchen ist ein kluges Tier«, sagte der ältere Polizist. »Es hat eigentlich eine Medaille verdient. Eine Rettungsmedaille. Denn unser einschlägig bekannter Herr Hochwürden hätte seine Spielchen im Heu zweifellos munter weiter betrieben. Es gibt Gerüchte aus seiner früheren Pfarrei, aber Beweise gab es bisher nicht. Das Katerchen hat, da wir keine Medaillen an Tiere vergeben, eine dicke Wurst verdient und beste Behandlung auf Lebenszeit. Ja, und kümmern Sie sich um die kleine Reni.«

Er bückte sich zu Kasimir hinunter und streichelte ihm das dichte weiche Fell.

»Du siehst ein bisschen aus wie mein Kater Willibald«, sagte er. »Ein schönes Tierchen. Und ein schlauer Detektiv.«

Er tippte sich höflich an die Polizeimütze und stieg in das Auto, hinter dessen Scheibe ein dickes schmollendes Männergesicht starr geradeaus blickte.

»Komm, Kasimir, ich hab mir solche Sorgen gemacht, weil du nicht mehr ins Haus gekommen bist. Aber das mit den gestohlenen Sachen aus der Küche, das warst wohl nicht du, oder?«, fragte Pia.

Kasimir, nach Katzenart, fühlte sich keineswegs betroffen, sondern stolzierte mit der allergrößten Selbstverständlichkeit und erhobenen Hauptes in den Speisesaal und sprang auf den warmen Kamin, wo er über den Kindern thronte, die hocherfreut darüber waren, dass es in der Mühle so einen hübschen rot-weiß-braunen Kater gab.

Pia erklärte den Kindern, ihr Gruppenleiter sei mit den Herren Polizisten zum Präsidium gefahren und käme wohl nicht mehr zurück. Sie selbst übernehme bis zur Abreise die Gruppenleitung.

Ein unmerkliches Lächeln der Erleichterung huschte über eines der Kindergesichter.

Aber nur Kasimir aus seiner luftigen Höhe oben am Kamin nahm das befreite Kinderlächeln wahr.

Romeo

(Enter Juliet above at a window.)
Romeo: *But, soft! What light through yonder window*
breaks? It is the east, and Juliet is the sun … It is my lady; o,
it is my love!
W. Shakespeare, *Romeo and Juliet, II, 2)*

Sie nennen mich Romeo, und das hat seinen Grund.

Sie, das sind Berthold und Heidi Bayerlein, meine neuen Besitzer. Die beiden romantischen Seelen, die mich, den verwahrlosten italienischen Kater, von der Straße aufgelesen und in ihr schnuckeliges Liebesnest im Nürnberger Burgenviertel mitgenommen haben.

Die Straße, meine Straße, war die Via Capella in Verona, und hier verbrachten die Frischvermählten Heidi und Berthold ihre Flitterwochen, in einem mit Bedacht ausgesuchten Hotel gegenüber jenem Erker, der als *Julias Balkon* weltberühmt geworden ist.

Ich lache mir ins Pfötchen, wenn ich daran denke, dass die Touristen sich düpieren lassen. Sie meinen, Romeo habe unter dem Balkon seiner Julia schmachtende Worte nach oben geseufzt. Wie einfältig Touristen doch sind. Shakespeare hat das Liebespaar und die Geschichte um Liebe und Tod der beiden schlichtweg erfunden, der Balkon wurde für die Touristen nachträglich an das Haus in der Via Capella angebaut. Das hat mein früheres Herrchen, Signore Emilio, einmal zu einem Bekannten gesagt. Signore Emilio, Junggeselle und Musikliebhaber, war vernarrt in die *Madrigale* des Claudio Monteverdi.

Er war auch ein begnadeter Handwerker vor dem Herrn. Er widersprach jedem Klischee vom versponnenen Künstler mit zwei linken Händen. Ach, zu früh und zu plötzlich musste Signore Emilio von mir gehen.

Wie ich bereits andeutete, ich bin ein Kater mit weichem Samtfell, rot-weiß meliert. Nach Signore Emilios Tod setzte mich sein herzloser Erbe, ein Neffe aus Sizilien, kurzerhand vor die Tür.

So musste ich erfahren, wie ein sesshaftes, wohlbehütetes Tier von einer Minute auf die andere obdachlos werden kann. Ich streifte durch die Straßen, ernährte mich von den Resten in den Mülltonnen, überlebte mehr schlecht als recht. Während dieser Streunerei verliebte ich mich unsterblich in eine schneeweiße Katzendame, die sich stundenlang auf der Balustrade von *Julias Balkon* räkelte. Doch sie ignorierte mich, und das war kein Wunder. Sie verschmähte auch meine innigen Liebeslieder, die ich unter ihrem Balkon anstimmte. Wer hätte sich in diesen mageren, hässlichen, struppigen Kater verliebt?

Ich, Claudio, war nur noch ein Schatten meines einstigen Selbst. Ja, Claudio. Sie haben richtig gehört. Nicht Romeo. Signore Emilio hatte mich nach seinem Lieblingskomponisten Claudio Monteverdi benannt.

Eines Abends schlich ich um meine Lieblingsmülltonne herum. Sie stand im Hof des Hotels, in dem Heidi und Berthold Bayerlein ihre Hochzeitsreise verbrachten.

»Oh, die arme dünne Katze«, rief eine helle Frauenstimme.

»Das ist, wenn mich nicht alles täuscht, ein Kater. Aber egal. Wie verwahrlost das liebe Tierchen ist«, erwiderte eine Männerstimme.

»In unserer Wohnung daheim würde er sich bestimmt wohlfühlen, meinst du nicht?«, ließ sich die Frauenstimme vernehmen.

Die beiden mussten sehr verliebt sein, denn der Mann widersprach nicht, darauf bedacht, der Liebsten einen Herzenswunsch zu erfüllen.

Ich strich um die hübschen Beine der jungen Frau herum.

»Oh, sieh mal«, rief sie entzückt.

Ich strich um die Hosenbeine des jungen Mannes herum.

»Oh, sieh mal«, rief auch er.

Wie aus einem Munde sagten beide: »Er mag uns.«

Sie lachten. Der junge Mann nahm mich hoch, versteckte mich unter seiner Jacke und schmuggelte mich am Hotelportier vorbei, einem boshaften Menschen, der mich schon einmal getreten hatte, als er mich im Hof entdeckte. Im Hotelzimmer angekommen, kicherten und scherzten die beiden Verliebten, sie gaben mir Leckerbissen, die mich an die schöne Zeit mit Signore Emilio erinnerten, und der junge Mann sagte: »Gut, dass wir morgen abreisen. Wir nehmen ihn mit.«

»Ihn?«, fragte die junge Frau. »Wie er wohl heißt, wenn er überhaupt je einen Namen gehabt hat?«

»Er soll Romeo heißen. Romeo aus der Via Capella.«

»Gibt es ein schöneres Souvenir?«, entgegnete die junge Frau begeistert.

»Ein Glücksbringer für unsere Zukunft. Romeo, der ewig Liebende.«

Und sie küssten sich.

Ich verkroch mich diskret in meine Kuschelecke, die man mir provisorisch in Ermangelung eines Körbchens mit dicken Kissen und Decken eingerichtet hatte.

Am nächsten Tag fuhren wir nach Deutschland.

Mein neues Zuhause im Nürnberger Burgenviertel erfüllte mich zunächst mit großer Freude, denn an guter Verpflegung, an Zuneigung und Streicheleinheiten fehlte es mir nicht. Doch nach einigen Tagen beschlich mich ein seltsames Gefühl. Das

Essen schmeckte mir nicht mehr, zu nichts hatte ich Lust, ich lag träge und antriebslos in meinem Körbchen. Das musste Heimweh sein.

Mir fehlte plötzlich die Via Capella mit *Julias Balkon* und der weißen Katzendame, die sich auf der Balustrade räkelte. Die Verführerische, wenn auch Grausame, welche mich verschmäht hatte.

Heidi und Berthold, auf mein Wohl bedacht, hielten nichts davon, mich ausgehen zu lassen, und so wurde ich zwar immer ansehnlicher, der verlauste Straßenstreuner entwickelte sich zu einem wahren Prachtexemplar von Stubenkater, doch der Preis für diese Metamorphose war meine Freiheit. Ein hoher Preis. Eines Nachmittags gelang es mir, die Stufen hinunterzuschleichen und das Haus zu verlassen. Ich erkundete das Burgenviertel und stand bald vor einer großen Kirche.

»Das ist Sankt Sebaldus«, sagte eine Stimme. »Komm, wir gehen rüber zum Sebalder Pfarrhof. Da zeige ich dir das Chörlein.«

Die Stimme gehörte einem großen dicken Mann. Es handelte sich wohl um einen Touristen, denn er las seiner Begleiterin aus einem Reiseführer vor.

»Das Chörlein nämlich ist sehr sehenswert.«

»Was ist ein Chörlein, Liebling?«

»Eine Art Vorsprung an einem Gebäude. In Nürnberg gibt es viele davon. Sehr kunstvoll.«

Neugierig geworden, schlich ich hinter den beiden her, nach Katzenart, geschmeidig, schlau und unbemerkt. Ich schaute nach oben zum Chörlein, und mir blieb fast das Herz stehen. Hier war er, *Julias Balkon*, oder zumindest beinahe. Dieses Chörlein war kein Balkon im eigentlichen Sinn, sondern ein geschlossener Erker, hübsch verziert, aus einer vergangenen Epoche. Die Worte des Touristen rauschten an mir vorüber, denn ich erblickte *sie*. Dort oben auf dem Gesims eines der geöffneten Fenster lag eine Katzendame dahingestreckt, welche die Veroneserin an Schönheit noch weit übertraf. Das schneeweiße Fell schimmerte seidig in der Abendsonne, und ein kurzer Blick aus bernsteinfarbenen Augen zeigte mir, dass sie mich zumindest bemerkte.

Der Tourist klappte den Reiseführer zu, das Paar verschwand um die Ecke, doch ich blieb wie angewurzelt unter dem Erker sitzen, der als »das Chörlein vom Sebalder Pfarrhof« bezeichnet wurde. Ich schaute verzückt nach oben, und ein zweiter kurzer Blick aus märchenhaften schrägen Augen sagte mir, dass ich dem Objekt meiner Begierde nicht gleichgültig war.

Aus dem Innern des Hauses rief eine freundliche junge Stimme: »Melinda, komm, komm …«

Wohl ein Lockruf, der vermutlich gutes Futter verhieß.

Melinda, ein Name wie Musik.

Melinda erhob sich graziös von ihrem Plätzchen am Fenstersims und verschwand, nicht ohne sich vorher noch einmal nach mir umzusehen.

Jemand trat ans Fenster und verschloss es. Ein junges Mädchen, vielleicht die Tochter des Pfarrers. Im Reiseführer hieß es nämlich, dass der »Sebalder Pfarrhof« die Behausung des evangelischen Geistlichen und seiner Familie sei.

Ich, noch ganz benommen ob der himmlischen Erscheinung hoch oben im Erker, begab mich nach Hause und schlich, hungrig geworden, heimlich in die Wohnung von Heidi und Berthold zurück. Die beiden hatten mich noch nicht vermisst.

Ich machte die ganze Nacht kein Auge zu, wohl aber reifte in mir ein Plan, wie ich das Herz der Geliebten würde erobern können. Ich würde üben, üben, üben. Ich hatte ja alles vergessen. Die herrlichen Lieder voller Sehnsucht und Leidenschaft, die ich bei Signore Emilio gelernt hatte.

T'amo, mia vita.
Tu dormi? Ah crudo core.
Ich würde zuhause üben unter dem Balkon von Heidi und Berthold, wenn beide ausgegangen waren und ich unbemerkt würde entschlüpfen können. Am nächsten Tag schon bot sich die Gelegenheit. Ich schlich durchs Treppenhaus hinunter in den kleinen Garten und stellte mich unter einen Balkon. Für meine Gesangsübungen gerade der richtige Platz.

Ich stimmte gerade mein *T'amo, mia vita* an, als sich ein Schwall eiskalten, übel riechenden Wassers über mein gepflegtes Fell ergoss.

Edgar Henglein, ging es mir durch den Kopf. Ich hatte nicht mit diesem Nachbarn gerechnet, der von allen Hausbewohnern gemieden wurde, der mit fast allen in Streit lebte und der, wie man munkelte, Stromfallen bastelte, um unliebsame Besucher, Menschen wie Tiere, abzuschrecken.

Es gab sogar Gerüchte um ein heimliches Waffenarsenal.

Edgar Hengleins Gesicht oben am Balkon verschwand, doch eine Stimme rief böse und drohend zu mir hinunter: »Noch einmal so eine grausliche Katzenmusik, und du bist des Todes, du Vieh. Solche wie dich hat man im Mittelalter hier in Nürnberg in einen großen Sack gesteckt, zusammen mit Hexen, Schlangen und Gockelhähnen, und in der Pegnitz ersäuft. Und deine Besitzer zeige ich bei der Polizei an. So einen Krachmacher kann man doch nicht frei rumlaufen lassen!«

Katzenmusik. Krachmacher. Tiefgekränkt, vor allem aber voller Schreck schlich ich durchs Hinterhaus, nass wie ich war, und begab mich in die Wohnung zurück. Ich trocknete mein Fell, bevor Heidi und Berthold zurückkamen, und ich räsonierte die ganze Nacht durch. Es musste etwas geschehen, bevor der Wahnsinnige von nebenan mich anschwärzen und dadurch alle meine Pläne durchkreuzen würde, mich der

Liebsten vom »Chörlein vom Sebalder Pfarrhof«, der schönen Melinda, zu offenbaren. Ihr Herz durch meine Madrigale im Sturm zu erobern. In ihren Augen, so erinnerte ich mich, als ich so in meinem kuscheligen Körbchen lag, war zwar noch ein Anflug von Sprödigkeit gelegen, aber es musste so sein. Das verlangte die Katzenehre.

Doch das stolze, grausame Herz, es würde sich den Gesängen des Katers Claudio alias Romeo öffnen. Ich merkte, dass ich mich mit dem neuen Namen Romeo allmählich versöhnte. Ich begann, mich mit ihm zu identifizieren. Ein gutes Zeichen. Ich löste mich allmählich von meiner veronesischen Vergangenheit, akzeptierte meine nürnbergerische. Heimweh war ein Wort von gestern. Und ich besann mich noch einmal auf das, was ich bei Signore Emilio gelernt hatte außer der Gesangskunst. Ich brauchte nur wenige Tage, bis die Tat ausgeführt war.

In den *Nürnberger Nachrichten* konnte man am 11. Mai 2012 lesen, dass ein 78-jähriger Rentner, allein lebend, von einem starken Stromschlag getötet worden war. Man habe in seiner Wohnung ein ganzes Waffenlager entdeckt. Die Nachbarn schilderten den Mann als Querulanten und Sicherheitsfanatiker, der aus nichtigen Gründen prozessierte. Er fühlte sich bedroht und konstruierte Stromfallen für eventuelle Eindringlinge. Eine solche Stromfalle war ihm zum Verhängnis geworden. Er hatte sich selbst darin verfangen, sich höchstwahrscheinlich in der Voltstärke getäuscht.

Heidi las die Zeilen ihrem Berthold ungläubig vor.

Ich lag derweil in meinem kuscheligen Korb in der Ecke und lachte mir ins Pfötchen.

Ach, lieber Signore Emilio, wie gut, dass ich schlauer Kater damals die Lauscher gestellt habe, als Sie Ihrem Nachbarn Guiseppe praktische Tipps in Elektrotechnik gaben.

Ich werde Ihnen, Signore Emilio, keine Schande machen, wenn ich heute Abend aus der Wohnung schleiche, hinunter zum »Chörlein am Sebalder Pfarrhof«. Zu Melinda, meiner Schönen mit dem schneeweißen Fell und den bernsteinfarbenen Augen. Und ich werde gar lieblich singen.
T'amo, mia vita.

Editorische Notiz:
Die Geschichte »Romeo« erschien bereits in veränderter Form in »Nürnberg auf die kriminelle Tour«, Wellhöfer Verlag, Mannheim 2012.

Filou

All in the town were still asleep
When sun came up with a shout and a leap.
In the lonely streets, unseen by man,
A little dog danced and the day began.

RUPERT BROOKE (1887-1915)

Es war ein schweres Stück Arbeit, vom herrenlosen südfranzösischen Straßenköter zum geliebten Familienmitglied eines Odenwälder Ehepaars aufzusteigen, und eigentlich muss ich der neugierigen Concierge dankbar sein, dass alles so gekommen ist. Schade, dass sie, die Hausmeisterin, nicht so viel Glück hatte wie ich.

Ganz ohne Gewissensbisse bin ich wegen meiner Schadenfreude nicht, schließlich bin ich ein Hund, da neigt man zu Schuldgefühlen, aber vielleicht können Sie, liebe Leser, denen ich nun meine Geschichte erzähle, für sich selbst beurteilen, wie das mit Schuld und Sühne so steht in diesem besonderen Fall.

Doch *first things first*, beginnen wir mit dem Anfang. Sie werden sich wundern, weshalb ich, ein gewesener französischer Straßenköter, Englisch spreche. Die Erklärung liegt auf der Hand, außerdem ist es eher das Verstehen, weniger das Sprechen von Fremdsprachen, das ich zwangsläufig während meiner ersten Karriere als herrenloser Hund gelernt habe.

Das Küstenstädtchen Le Grau-du-Roi in der Camargue, wo ich vor meiner zweiten Karriere als geliebter Familienhund lebte, platzt im Sommer wegen der Touristenschwärme aus

* 129 *

allen Nähten, und so konnte es nicht ausbleiben, dass ich ein polyglotter Hund wurde, einer, der viele Sprachen versteht: Englisch, Holländisch, Spanisch, Italienisch. Und natürlich Deutsch, was sich als großer Segen für mich erwies. Ich, der ich niemand gehörte, gehörte allen im Ort. Das heißt, ich musste nie Hunger leiden, war geduldet und durfte, ohne je verjagt zu werden, auf den Terrassen der zahlreichen Restaurants, zwischen den Stühlen der Gäste liegen, und im Sommer gab es für mich eigentlich nie ein Problem.

Man hielt mich für den Hund mal des einen, mal des anderen Restaurantbesitzers, und wenn die jeweils fragenden Touristen auf die Frage, ob der Hund zum Restaurant gehöre, die Antwort *Non* bekamen, konnte es schon einmal vorkommen, dass ich mitleidig angeschaut wurde. Einige Male wollte mich eine tierliebende Seele aus Holland, England, Deutschland adoptieren, aber es scheiterte immer am Veto mal des einen, mal des anderen Partners. Entweder Sie wollte den armen herrenlosen Hund mit nach Hause nehmen, aber Er war dagegen, oder aber umgekehrt, wobei der erstere Fall der häufigere war.

Ich sah proper und rundlich aus, keineswegs ärmlich und verwahrlost, denn es fiel ja immer etwas Gutes für mich ab, und an Hygienemöglichkeiten fehlte es auch nicht, da ich für mein Leben gern im Meer badete. Daher erschien ich den Menschen auch nicht als die bedauernswerte Kreatur, die ich eigentlich war, und das innerlich. Wie sollten sie auch wissen, dass ein Hund nicht allen gehören möchte, sondern einer Person, einer Familie, und dass er sich nur dann als Hund fühlt, wenn er ein geliebter Hund ist. Ich brauchte die Zuneigung eines Menschen, einer Familie, und ich würde diese Zuneigung mit absoluter Treue und Anhänglichkeit zurückzahlen.

Schon lange hatte ich gehofft, dass jemand hinter meiner gepflegten und wohlgenährten Fassade meine einsame Seele entdecken und mich mit sich nach Hause nehmen würde. Ich hatte die Hoffnung schon fast aufgegeben, als ich an jenem 10. September im Restaurant *Pic Saint-Loup* an der Hafenmole ein Gespräch belauschte, das mein Leben schlagartig verändern sollte.

Ich duselte, hinter einem der riesigen Oleanderbüsche verborgen, welche die Terrasse schmückten, gemütlich vor mich hin, im Schatten liegend und geschützt vor der gleißenden Sonne, die, ungewöhnlich für den Monat September, der Region Temperaturen von etwa fünfunddreißig Grad bescherte.

Ich spitzte die Ohren. Jenseits des Oleanderbuschs vernahm ich deutsche Laute. Touristen. Ein Mann und eine Frau. Ich versuche, liebe Leser, Ihnen das Gespräch so genau wie möglich wiederzugeben.

Sie:»Das war mal eine anstrengende Radtour von Carnon her, dazu bei der Affenhitze. Ich brauch jetzt ein Panaché, Bär.«

Er:»Ein Panaché? Sag doch gleich ein Radler, Schätzel. Aber nein, wir sind ja nicht im Biergarten. Ich nehm einen Pastis.«

Ich lag hinter meinem Oleanderbusch und hörte aufmerksam zu. Es war ein Spiel für mich, mir ein Bild von den beiden zu machen, die ich von meinem Ruheplätzchen aus nicht sehen konnte. Ich kombinierte: Sie waren Deutsche, hatten eine Radtour von Carnon nach Le Grau-du-Roi gemacht, sie hießen Bär und Schätzel.

Sonst hießen die deutschen Touristen, sofern sie etwas älter waren, Gisela und Gerd, Brigitte und Herbert, Rosemarie und Manfred. Die Jüngeren hießen eher Daniela und Andreas, Susanne und Michael, Steffi und Björn. Die ganz Jungen: Dennis und Lena, Lisa und Lukas. Schätzel und Bär, das war neu, klang aber ganz nett. Den Stimmen nach waren sie nicht mehr die Jüngsten.

Bär bestellte, und kurz danach raschelte eine Zeitung.

Wer las da, Schätzel oder Bär? Ich sollte es gleich erfahren.

Bär:»Was guckst du so, Schätzel? Was liest du denn da im *Midi Libre*?«

Schätzel:»Was ganz Furchtbares.«

Ich hörte, wie Schätzel schniefte.

Schätzel:»Wieder was von einem Stierkampf. Man kann keinen Tag den *Midi Libre* aufschlagen, ohne einen Lobesartikel auf einen dieser grässlichen Stierkämpfe zu lesen. Es drängt sich dir geradezu auf. Wenn ich das gewusst hätte, dass die hier diese Barbarei betreiben wie die Spanier und das Ganze noch als Kulturgut bezeichnen, dann wäre ich nicht hierhergekommen. So schön das alles hier ist: die Flamingos, die Pferde, die Kathedralen und die Abteien. Das Meer ... Aber die armen Stiere. Guck mal, wie grauenhaft.«

Schätzels Schniefen ging in Schluchzen über.

Bär:»Schätzel, dann lies das doch nicht. Du quälst dich. Ich finde es ja auch grässlich, aber ...«

Schätzel:»Was, aber? Da gibt es kein Aber. Diese Machos. Diese Männergesellschaft.«

Bär:»Ich hab gehört, dass viele Frauen in den Stierkampfarenen sitzen. Mindestens ein Drittel sind Frauen.«

Schätzel:»Ich hab auch noch nie behauptet, dass wir Frauen die besseren Menschen sind ...«

Die Getränke wurden gebracht, und für einen Moment stockte die Unterhaltung.

Bär:»Vielleicht beruhigt es dich zu hören, dass die in Barcelona demnächst den letzten Stierkampf haben, danach ist er in Katalonien verboten. Ist doch toll, oder?«

Ich kombinierte hinter meinem Oleanderbusch, dass Bär ein harmoniebedürftiger, netter Mann war, der seine Partnerin aufzumuntern trachtete.

Schätzel:»Ich weiß. Hab davon gelesen. Das Ganze ist aber

kein Triumph der Tierschützer, sondern ein Triumph der kleinkarierten katalanischen Separatisten, die im Stierkampf etwas Spanisches sehen. Und ihre *Correbous* oder wie die heißen lassen sie weiter stattfinden. Das sind diese schrecklichen Stierhatzen, wo die armen Tiere durch die engen Gassen getrieben werden, oft mit Knüppeln malträtiert, und am Ende brechen die meisten erschöpft zusammen. Oder sie zünden den Stieren die Hörner an, bis die gequälten Kreaturen sich in der Hafenmole ins Wasser stürzen und ertrinken.«

Bär: »Ist ja furchtbar. Es gibt nichts Grausameres als den Menschen. Aber Schätzel, wir sind doch im Urlaub. Schlag die Zeitung zu. Versuch mal zu vergessen.«

Schätzel: »Ausgerechnet in Le Grau-du-Roi, wo diese Stierhatzen heute noch stattfinden? Wo dieser Stierkampf-Fan, der Hemingway, seinen letzten Roman spielen lässt? Hemingway hab ich noch nie gemocht. Obwohl: Schreiben konnte er schon. Ich hab seine Storys ja auch immer mit meinen Schülern gelesen.«

Ich kombinierte weiter. Schätzel war eine pensionierte Englischlehrerin. Ich hatte richtig vermutet. Nicht mehr die Jüngsten, die beiden.

Es herrschte eine Weile Ruhe, keiner sprach. Dann begann Schätzel aufs Neue.

Schätzel: »Du, Bär, lass uns nächstes Jahr wieder an die Côte d'Azur fahren. Im *Var Matin* steht nie was von einem Stierkampf. Das ist nur hier so, weil es schon gegen Spanien zugeht.«

Bär: »Meinetwegen. Aber dort willst du bestimmt wieder herrenlose Hunde retten. Die heile Welt findet man nirgends.«

Meine Ohren waren mächtig auf Empfang gestellt.

Schätzel: »Ja, und bei der nächsten Gelegenheit darf ich auch einen mit nach Hause nehmen, so einen armen Teufel. Das hast du mir versprochen.«

Jetzt oder nie, dachte ich. Ich rappelte mich hoch und lief zu dem Tisch, an dem Bär und Schätzel saßen. Sie waren, wie ich vermutet hatte, nicht mehr die Jüngsten. Mitte bis Ende sechzig, aber in sportlicher Radlerkluft und reichlich verschwitzt. Ich mochte sie auf Anhieb und beschloss, mich um jeden Preis von ihnen adoptieren zu lassen.

Ein Entzückensruf entrang sich Schätzels Kehle, als ich mich vor sie hinstellte, meinen treuen Blick auf sie gerichtet.

Schätzel:»Oh, da ist er ja, mein herrenloser Hund. So ein Zufall. Wo wir gerade darüber gesprochen haben.«

Bär (lachend):»Der und herrenlos? Guck mal, der ist ja geradezu feist und gemästet. Herrenlos? Niemals. Und selbst wenn: Diese grässliche Concierge in unserem Ferienhochhaus am Meer würde ihn bestimmt vergiften.«

Schätzel:»Ja, diese rothaarige Hexe, die immer in ihrem weißen Plastiksessel vor ihrem Pampasgrasbusch hockt wie die Spinne Thekla und uns auflauert und Tiere hasst, vor allem Hunde.«

Ich war gekränkt. Ich und feist, und das sagte ausgerechnet Bär, der auch nicht gerade eine Elfenfigur hatte.

Und das mit der Hausmeisterin, die Hunde hasste, machte mir Angst. Schade, wieder eine Illusion zerstoben. Mein Traum vom Adoptiertwerden zerplatzte wie eine Seifenblase. Mit gesenkten Ohren und gesenktem Schwanz verschwand ich wieder hinter dem Oleanderbusch und legte mich auf mein gemütliches Plätzchen zurück. Ich versank in Trübsinn und merkte darüber nicht, dass Bär und Schätzel mittlerweile bezahlt, sich auf ihre Räder geschwungen hatten und weggefahren waren.

Ich dachte daran, den beiden hinterherzulaufen, doch verwarf ich diese Idee als unsinnig. Aber der Gedanke ließ mir keine Ruhe. Ich fand keinen Schlaf in der nächsten Nacht. Jetzt oder nie. Ich musste es wagen. Ich machte mich auf den Weg nach Carnon, immer dem Meer entlang, nach Westen. Ich lief die ganze Nacht hindurch und kam am nächsten Morgen gegen neun Uhr erschöpft an.

Ich lief alle Hochhäuser am Meer ab, ich suchte eine hexenhafte Concierge und mein nettes Paar, Schätzel und Bär, aber ich fand sie nicht. Zwei Tage und zwei Nächte waren vergangen, ich hatte weder etwas gefressen noch einen Sinn für ein Bad im Meer gehabt. Kurzum, ich sah aus wie der, der ich war: ein herrenloser armer Streuner.

Am dritten Morgen meiner ergebnislosen Suche in Carnon schlich ich matt und erschöpft an einem Hochhaus vorbei, das durch ein großes weißes Rolltor verschlossen war. Dahinter sah man eine Anlage mit Pinien, einem Swimmingpool und viel Pampasgrass. Vor einem dieser Pampasgrasbüsche thronte eine rothaarige Hexe, ziemlich alt, aber in kerzengerader Haltung, und musterte unermüdlich die Fassade des Hochhauses und das gesamte Areal.

Mein Herz stockte. War es denn möglich, dass ich am Ziel meiner Träume angekommen war? Wo waren Bär und Schätzel? Erst jetzt kam mir der Gedanke, dass sie vielleicht schon abgereist waren. Ein schrecklicher Gedanke. Direkt hinter dem Rolltor war ein silberner VW-Bus geparkt. Er hatte ein deutsches Kennzeichen.

Ich schöpfte neuen Mut. Und da kam auch schon in Radlerkluft und voller Unternehmungslust das Paar aus der Tür des Hochhauses und ging zum VW-Bus, gefolgt von den musternden Blicken der Concierge.

»Wir fahren zum Abschluss nochmal eine kleinere Tour. Nicht so anstrengend. Morgen haben wir eine lange Heimfahrt vor uns«, sagte Bär. »Den Bus lassen wir heute mal stehen.«

Sie holten die Räder aus dem VW-Bus und fuhren weg. Also

war dies ihr letzter Tag, sie würden morgen abreisen. Ich musste handeln.

Ich legte mich auf die Lauer und wartete, bis jemand das Rolltor öffnen würde, um mit dem Wagen wegzufahren. Nach etwa einer Stunde geduldigen Wartens gelang es mir, unbemerkt von dem Fahrer des Autos, durch das geöffnete Tor in die Anlage hineinzuschlüpfen. Ich legte mich unter den geparkten VW-Bus und beschloss zu warten, bis Bär und Schätzel von ihrer Radtour zurückkämen. Ich würde mich in meiner ganzen abgemagerten Erbärmlichkeit vor sie hinstellen und herzzerreißend heulen, sie würden mich mit nach oben in ihre Ferienwohnung und am nächsten Tag mit nach Hause nehmen. So träumte ich, unter dem Bus liegend, vor mich hin, und ich schlief trotz meines knurrenden Magens ein. Als ich aufwachte, erblickte ich ganz in meiner Nähe einen Knochen, der meiner Aufmerksamkeit entgangen sein musste, wahrscheinlich weil sich vor lauter Entkräftung schon Sehstörungen einstellten. Ausgehungert wie ich war, stürzte ich mich auf den Knochen, trug ihn unter den VW-Bus und knabberte genüsslich, bis er verzehrt war. Ich lugte unter dem Bus hervor, in der Hoffnung, Schätzel und Bär zu sehen, doch ich sah etwas anderes. Hinter einer Pampasgrasstaude erblickte ich das böse grinsende Gesicht der Concierge, die ich völlig vergessen hatte. Ein Reißen in der Bauchgegend ließ mich blitzartig die Wahrheit erkennen. Der Knochen war eine Liebesgabe der roten Hexe an den Straßenköter, der ins Hundejenseits befördert werden sollte. Ich krümmte mich vor Schmerzen und jaulte, begleitet vom Höllenlachen der Tierhasserin.

In dem Augenblick wurde die kleine Tür neben dem Rolltor geöffnet und Schätzel und Bär, müde, verschwitzt, aber glücklich, schoben ihre Fahrräder in den Hof. Die Tour war wohl länger ausgefallen als geplant.

Und nun überstürzten sich die Ereignisse. Schätzel sah mich armselige Kreatur auf dem Boden liegen, gekrümmt vor Schmerzen. Sie stellte flugs ihr Rad an das kleine Mäuerchen neben dem Rolltor, stürzte sich auf mich, schrie: »Der arme Hund, er stirbt. Wir müssen ihn zum Arzt bringen, schnell. Ach je. Guck mal, Bär, das ist der Kleine von Le Grau-du Roi, wie mager er ist und wie zerzaust!«

Wie ein Teufelchen aus der Kiste kam hinter dem Busch die rothaarige Concierge hervorgeschnellt und kreischte, ich sei eh nicht mehr zu retten, ich habe Rattengift gefressen. »So ein Aufhebens wegen einem Straßenköter! Verrecken soll er, verrecken. Was dringt er auch in mein Grundstück ein.«

Bär und Schätzel ignorierten die Furie, packten mich in eine Decke und fuhren mich zum Tierarzt, mit dessen Hilfe ich dem Tod gerade noch so von der Schippe hüpfte. Apropos dem Tod von der Schippe hüpfen. Die Concierge hüpfte in der gleichen Nacht dem Tod nicht von der Schippe, im Gegenteil. Sie hatte die Angewohnheit, im Schwimmbad, welches zu »ihrem« Grundstück gehörte, ein nächtliches Bad zu nehmen, immer verbunden mit einem kühnen Kopfsprung vom Beckenrand aus.

Ironie des Schicksals: Ihr, der nichts entging, was sich auf »ihrem« Grundstück zutrug, war entgangen, dass während ihrer Vergiftungsaktion der für die Wartung des Schwimmbads zuständige Bademeister das Wasser abgelassen hatte.

Als Schätzel und Bär am nächsten Morgen mich, den gerade noch dem Tod von der Schippe gesprungenen Streuner, zusammen mit Koffern und Reisetaschen und zwei Kisten voller Mitbringsel in den VW-Bus verfrachteten, kam gerade die Polizei, um den bedauerlichen Unfall im Swimmingpool zu protokollieren.

Bär und Schätzel sagten aus, dass sie die Dame als aufmerksame und pflichtbewusste Hausmeisterin beurteilten. Nein, sie hatten nichts bemerkt von dem nächtlichen Unfall, da sie um ihren kranken Hund gebangt hätten. Er sei nun aber über dem Berg, Gottseidank. Bedauerlich, das mit der Concierge. Die arme Frau.

»Und nächstes Jahr fahren wir an die Côte d'Azur?«, fragte Schätzel unterwegs auf der Autoroute du Soleil.

»Ja, klar, an die Côte d'Azur. Wohin sonst?«, erwiderte Bär.

Ich lag hinten in einer gemütlichen, mit Decken ausgelegten Kiste, ich war auf dem Weg der Besserung, und ich freute mich auf mein neues Leben als Familienhund von Bär und Schätzel.

Ach, übrigens, sie nannten mich Filou. Ich finde, der Name passt zu mir.

Mörderisches Katzenduett

Eine schwarze Schönheit war sie. Sie hieß Dolores, ein Name voller Exotik und Feuer.

Als ich, der Kater Peterle, sie zum ersten Mal im Garten unseres Nachbarn, des Ökonomierats Weiß, erblickte, stand mein Herz sofort in Flammen.

Es war Liebe auf den ersten Blick, doch es sollte eine unerfüllte Liebe bleiben. Schuld an allem war nur der Kater des Pfarrers. Schwarzes Fell, weiße Brust, ein Ebenbild seines Herrn, des geistlichen Herrn, der sonntags im wallenden Talar mit weißem Beffchen, die Bibel unterm Arm, vom Pfarrhaus zur Kirche hinüberschritt, langsam und würdevoll. Nur in der Statur unterschieden sich die beiden. Der Pfarrer war spindeldürr, der Kater hingegen feist und fett. Letzterer hieß Luther. Die beiden Töchter des Pfarrers hatten ihn so getauft.

»Was sagen da die Gemeindeschäfchen, wenn wir unseren Kater Luther nennen«, gab der Pfarrer zu bedenken. Doch er war ein Mann mit Humor und außerdem in seine beiden Töchter vernarrt. Sie hatten wahrlich Narrenfreiheit, und so blieb es bei dem Namen.

Luther hielt sich für was Besseres, und ich, Peterle, der ich als simpler Bauernhofkater keine höhere Bildung genossen hatte, nicht mit Büchern umgeben war wie dieser affektierte Pfarrerskater, litt unsäglich, denn die schwarze Schönheit,

Dolores, hatte nur Augen für ihn. Was nützte es mir, dass ich ein Dichter war, wenn auch ein heimlicher, dem das Talent zum Fabulieren in die Wiege gelegt worden war? Dazu bedurfte es keiner Bildung, keiner Regale, vollgestopft mit Büchern. Ich war ein Naturtalent, aber Dolores ignorierte mich. Sie hatte nur Augen für Luther.

Und nicht nur Augen, auch Ohren. Ihre hübschen Öhrchen waren gespitzt, wenn Luther auf der Mauer entlangstolzierte, die den Pfarrgarten vom Garten des Herrn Ökonomierats Weiß trennte.

Sie lag, lasziv dahingestreckt, im Asternbeet, räkelte sich aufreizend und schnurrte, wenn der schleimige Pfarrkater seine schmalzigen Weisen schmetterte.

Welche Qualen musste ich erleiden, wenn ich das Gegurre und Gesäusel mitanhören musste.

Als der edle Sänger einmal unpässlich war – er hatte sich an den Würsten überfressen, welche nach einer Bauernhochzeit der Pfarrfamilie ins Haus gebracht worden waren –, nutzte ich die Gunst der Stunde. Ich schlich mich an Dolores, die Schöne, heran.

Sie räkelte sich im Herbstlicht im Sonnenblumenfeld des Herrn Ökonomierats Weiß.

Ich nahm all meinen Mut zusammen und trug ihr ein Gedicht vor:

Herbstsonnenlicht auf samtweichem Fell,
du schwarze Schönheit, selbstverliebt.
Ein jeder Tag ist dir gleich hell,
fragst nicht, ob es ein Morgen gibt.
Dein lässig leichtes Sein verspottet unser Streben.
Für dich gilt nur das Jetzt
und zeitlos stilles Leben.

Nun wird sie mich beachten, mein Talent bewundern, ihren Pfarrersgalan vergessen und zum Teufel jagen, dachte ich. Ich hatte mich geirrt. Ihre Reaktion war eine ganz andere. Die Dame meines Herzens hielt sich die hübsche Pfote vors noch hübschere Mäulchen, und sie gähnte. Dann erhob sie sich langsam und aufreizend und verschwand ins Haus. Die nächsten Tage verbrachte ich in Schmerz versunken. Meine Dichterseele war zu Tode verwundet, ich dachte, ich müsse sterben. Ich lag oben in der Scheune mitten im Heu, verweigerte die Nahrung, magerte ab. Auf die Rufe meiner Besitzerin, der lieben alten Frau Rapp, der Nachbarin des Ökonomierats, reagierte ich nicht.

Nachts konnte ich nicht schlafen, auch nicht am Tage, ich war ein Schatten meiner Selbst, das sah ich im blinden fleckigen Spiegel, der unten im Waschhaus, wo ich ab und zu ein wenig Wasser zu mir nahm, angebracht war. Ich erschrak vor mir selbst.

Einige Tage und Nächte seit der kränkenden Zurückweisung durch Dolores wälzte ich mich wieder einmal schlaflos in meiner Kuhle im Heu. Der Vollmond schien durch die Dachluke, da ertönte von unten ein Singen.

Es war ein Wechselsingen. Ein Duett zwischen einer weiblichen und einer männlichen Stimme.

Miau. Miau-auau. Miaumiau. Der Gesang kam von der Laube im Pfarrgarten her, wo die Liebenden, Dolores und Luther, ein Stelldichein hatten. Ich verließ meine Kuhle im Heuschober und lauschte.

Ich kannte die Melodie, ich kannte das Duett. Es war von einem italienischen Komponisten namens Rossini, und es nannte sich *Katzenduett. Duetto buffo di due gatti.*

Woher ich, der ungebildete Bauernhofkater, das wusste, werden Sie sich fragen, verehrte Damen und Herren? Zufällig war ich vor einigen Wochen am Pfarrhaus vorbeigekommen, als die beiden Töchter des Pfarrers gerade Klavierstunde und Gesangsunterricht hatten, wie jeden Mittwoch. Mit ihrer Lehrerin, einer Polizei-Oberinspektorsgattin, probten sie ein Musikstück, das mich als Kater interessierte.

»Wir üben nun Rossinis Katzenduett. *Duetto buffo di due gatti.* Gioachino Antonio Rossini war ein italienischer Komponist. Er lebte von 1792 bis 1868«, belehrte die Polizei-Oberinspektorsgattin die Pfarrerstöchter und teilte die Noten aus.

Das Duett faszinierte mich. Ich beobachtete die Szene vom Kastanienbaum aus.

Jeden Mittwochnachmittag fand ich mich dort ein und verfolgte, wie das Katzenduett immer perfekter gelang. Die Pfarrerstöchter übernahmen jeweils einen Gesangspart. Die Polizei-Oberinspektorsgattin begleitete sie dazu auf dem Klavier.

Miau, miau-auau, miaumiau.

Der Text war zwar sehr einfach, doch so schön dargeboten entzückte er mich. Besonders die jüngere der Pfarrerstöchter hatte eine wundervolle Gesangsstimme. Ich schnurrte vor Vergnügen und musste mich zurückhalten, um nicht mitzusingen.

Doch nun, in meinem Versteck hinter der Laube, schnurrte ich keineswegs vor Vergnügen. Im Gegenteil. Ich bebte innerlich vor Wut und Empörung, zumal der schleimige Pfarrerskater zu Dolores, welche ein Notenblatt in den Pfoten hielt, sagte: »Das habe ich für dich gedichtet und komponiert, meine Liebste.«

Diese Unverfrorenheit. Gedichtet! *Miau, miau, miau*, das war der ganze Text. Ein tolles Gedicht, fürwahr. Komponiert! Der italienische Komponist Rossini hatte das komponiert, nicht der feiste Kater Luther. Er hatte die Notenblätter aus dem Klavierzimmer des Pfarrhauses geklaut und gab die Komposition nun als seine eigene aus. Geistiger Diebstahl, so nennen das die Menschen.

Die beiden Liebenden fuhren mit ihrem Liebesduett fort. Ich litt Höllenqualen, war aber unfähig, mich davonzuschleichen. Irgendetwas ließ mich in meinem Versteck verharren.

Hinter der Laube befand sich ein kleiner Fischteich. Die Goldfische hatte Luther nach und nach alle herausgeholt und gefressen, und die Pfarrfamilie hatte es aufgegeben, immer neue zu kaufen.

Mir fiel nun, da ich hinter der Laube saß, ein, dass ich neulich vom Kastanienbaum aus nicht nur einen Blick ins Klavierzimmer des Pfarrhauses hatte werfen können, sondern auch ins Badezimmer. Auf dem Rand der Badewanne aus Emaille hatte ich zwei große Goldfische erspäht, die ganz offensichtlich aus Plastik waren und den beiden Pfarrerstöchtern gehörten.

Ein Gedanke durchzuckte mich wie ein Blitz. Wie wäre es, wenn ...

Ich kam in Bewegung, während die beiden Verliebten in der Laube abwechselnd schmusten und sangen und schmusten und sangen. Widerlich.

In der Küche im Parterre brannte noch Licht. Die hübsche, fleißige Pfarrfrau bügelte zu später Stunde die Beffchen ihres Mannes. Sie war in ihre Arbeit vertieft und bemerkte mich nicht. Ich kletterte den Kastanienbaum hoch. Aus dem Studierzimmer oben hörte man die Stimme des Pfarrers, der mit lauter Stimme seine Sonntagspredigt deklamierte. Auch er würde mich nicht wahrnehmen.

Ich hatte Glück. Das Fenster zum Badezimmer war nur angelehnt. Ich machte einen Riesensatz, stupste das Fenster auf, schnappte mir die beiden Plastikgoldfische vom Badewannenrand. Da lag auf der Ablage etwas, das ich im Halbdunkel nicht richtig sehen konnte, doch aus einem unerklärlichen Impuls heraus nahm ich dieses Ding, das viereckig war und gut duftete, mit. Wer weiß, vielleicht würde ich es noch einmal brauchen können. Ich kletterte blitzschnell den Baum hinab, trug meine Beute zum Fischteich und ließ die Goldfische zu Wasser. Dabei entstand ein plätscherndes Geräusch. Ich legte mich hinter den Riesendahlien, die den Rand des Teiches säumten, auf die Lauer.

Der Vollmond beschien den Teich und ließ die Goldfische glitzern. Ich plätscherte ein wenig lauter mit der Pfote im Wasser. Rossinis Katzenduett brach jäh ab.

Der dicke Pfarrhauskater stürzte in Richtung Teich, rief begeistert aus:»Oh, wundervolle große Goldfische. Ich hole uns welche, meine Liebste. Welch ein Leckerbissen für zwei Verliebte.«

Er kam an dem mit glatten Steinen befestigten Rand des Teiches an und wie ein Schlittschuhläufer glitt er über die Steine, wankte und landete kopfüber im Wasser. Es sah zu komisch aus. Eine geniale Eingebung war es gewesen, die Seife aus dem Badezimmer mitzunehmen, denn am Beckenrand auf den Steinen abgelegt tat sie nun gute Dienste.

Der dicke Luther pustete und prustete und versuchte, aus dem Wasser zu kommen, aber er rutschte immer wieder an dem mit grünen Algen bedeckten Teichrand ab. Ich eilte hinter meinem Dahlienversteck hervor und verhinderte mit meinen starken Pfoten, dass mein Rivale an Land kommen konnte. Den dicken viereckigen Schädel drückte ich mit ganzer Kraft unter Wasser. Ein kurzer Kampf, ein gurgelndes Geräusch. Dann nichts mehr.

Dolores, des Wartens müde, maunzte ungeduldig:»Wo bleibt denn mein Goldfisch, Liebster? Ich sterbe vor Hunger.«

Wie gierig sie war, wie egoistisch.

Es fiel mir wie Schuppen von den Augen. Diese Dolores war keine souveräne Schönheit, sondern ein ganz gewöhnliches, gefräßiges Weibsbild. Ich war selbst überrascht, wie schnell

Gefühle umschlagen können, wie rasch Liebe sich in Abscheu verwandeln kann.

Dolores tänzelte in Richtung Teich. Der Vollmond verschwand hinter einer schwarzen Wolke, und auch in meiner Erinnerung spielt sich nun alles wie hinter einer schwarzen Wolke ab. Ein fester Stoß in den Rücken des einstmals so geliebten, nun so verhassten Wesens, das mein Talent nicht erkannt und stattdessen einen windigen Betrüger bevorzugt hatte, abermals ein gurgelnder Laut, ein jämmerliches letztes *Miauuuu*. Dann Stille und Frieden.

Hinter der schwarzen Wolke tauchte der Vollmond auf und beschien den Teich, in welchem zwei Plastikgoldfische auf und ab wippten, unter ihnen zwei Leichen.

Die schwarze Wolke schob sich abermals vor den Vollmond und verhüllte die gespenstische Szene. Der Mond, so oft von Dichtern besungen, das weiß ich nun, ist den Dichtern hold. Vor allem den verschmähten Dichtern.

Ich schlich, auf seltsame Weise ruhig und voll inneren Friedens, hoch in meine Heukuhle.

Einen wundervollen Nachruf auf zwei Liebende würde ich dichten. Einen Nekrolog. Natürlich in Versform.

Mimi, die Herbstkatze

Ich liege in der Oktobersonne, die mein graues Fell mit ihren sanften Strahlen wärmt, ich schnurre vor Wohlbehagen, und ich denke gerade, dass ich eigentlich nicht so hier liegen und mich meines Lebens freuen würde, wenn er noch da wäre. Er, das ist Fritz Kumpf, der ehemalige Besitzer des pfälzischen Bauernhofs.

Einst der reichste und mächtigste Mann im ganzen Dorf, der Wiesen und Wald und Ackerland der weniger wohlhabenden Nachbarn aufkaufte und nie genug bekam, ein Nimmersatt und Raffer ohnegleichen, ruht er nun unter einem Stein, der ein ganz kleines Areal schmückt. Wenn ein gütiges Geschick nicht eingegriffen hätte damals, würde ich selbst nun unter der Erde liegen, oder nicht einmal das: Man hätte mich im Dorfbach ertränkt, kaltblütig und gemein.

Denn Sie müssen wissen, dass ich eine Herbstkatze bin, und Katzen meiner Gattung gelten als Ballastexistenzen, als unnütze Fresser und als überflüssige Kreaturen, die zu nichts taugen und aus denen nie etwas wird. Vor allem auf den Bauernhöfen sind wir Herbstkatzen nicht gern gesehen, und nur die wenigsten Bauersleute lassen ihre Herbstkatzen leben.

Auch Fritz Kumpf machte da keine Ausnahme, im Gegenteil: Er war geradezu berüchtigt für seine Unduldsamkeit, ja, für seine Grausamkeit, die sich nicht nur damit begnügte,

Herbstkatzen eigenhändig in den Sack zu stecken, ihn mit einer Schnur fest zuzubinden und zum Dorfteich zu tragen, wo er das ganze Bündel voll jämmerlich schreiender Kätzchen unter Hohngelächter ins Wasser warf. Seinen Hofhund hielt er an der Kette und malträtierte ihn, wo er nur konnte. Mélac war ein ganz lieber schwarz-weißer Hütehund, und das trotz seines blutrünstigen Namens. Fritz Kumpf hatte ihn nach dem schrecklichen französischen General benannt, der im Auftrag seines Herrn, des Sonnenkönigs, Ludwigs XIV., Ende des 17. Jahrhunderts die gesamte Pfalz, Mannheim, Heidelberg und das Heidelberger Schloss niedergebrannt hatte. Man sagt, er habe sich damals einen Spaß daraus gemacht, seine Bluthunde auf die armen Pfälzer und Kurpfälzer Leute zu hetzen.

Mélac, der Kettenhund, bekam von Fritz Kumpf, dem Geizhals und Raffer, nur das Allernötigste an Futter, denn verhungern sollte er nicht, da er den Hof zu bewachen hatte.

Elisabeth, Kumpfs Ehefrau, oder ihre beiden Söhne, die das liebevolle Wesen der Mutter geerbt hatten, steckten Mélac ab und zu heimlich einen Wurstzipfel zu, aber sie hatten Angst vor den Wutausbrüchen des Bauern, der wie ein Despot alles unter Kontrolle hielt.

Nun habe ich schon zweimal von »damals« gesprochen, und es wird Zeit, dass ich Ihnen erkläre, was ich damit meine und was sich damals zugetragen hat.

Es ist fast ein Jahr her, dass ich geboren wurde. Es war an einem grauen Oktobertag morgens um sieben, zusammen mit meinen sechs Geschwistern, oben im Heuschober. All dies hat mir unsere Mutter erzählt, und sie muss sehr gelitten haben, denn sie war schon lange genug auf dem Hof, um zu wissen, dass ihr grausamer Besitzer ihr diese Katzenkinder wegnehmen würde, die im Herbst geboren waren. Sie versuchte, uns zu verstecken, aber Fritz Kumpf, dem nichts entging, hatte beobachtet, dass sie am Abend mit einem dicken Bauch im Heuschober verschwunden und am nächsten Tag schlank über den gepflasterten Hof geschlichen war. Er lauerte ihr auf und fand das Versteck, die Katzenkinderstube.

Oh, jener Tag, so sagte meine Mutter, war der schrecklichste Tag in ihrem ganzen Katzenleben. Ein grauer Tag Ende Oktober, nicht lichtdurchflutet wie der heutige, an dem ich Ihnen meine Geschichte erzähle. Kein goldener Altweibersommertag, sondern ein trister, nieseliger, nebliger Herbsttag, der schon den Winter erahnen ließ, ungewöhnlich kalt und windig und schaurig.

Als meine Mutter das hämisch grinsende Gesicht von Fritz Kumpf an der Luke, die zum Heuschober hin geöffnet war, erblickte, fing sie an zu zittern, und sie versuchte, die neugeborenen Kinder zu beruhigen, die zwar mit ihren geschlossenen Augen noch wenig wahrzunehmen schienen, die aber wohl spürten, dass ihnen Gefahr drohte. Sie piepsten ängstlich und schmiegten sich enger aneinander, als erhofften sie sich dadurch Schutz und Geborgenheit.

Unter den groben Stiefeln des Bauern knarrten die Holzdielen, polternd näherte sich der fürchterliche Mensch der Katzenkinderstube, ein grober Jutesack senkte sich hinab, die Mutter stieß ein verzweifeltes *Miau* aus und schloss die Augen, um nicht mit ansehen zu müssen, wie ihre Kleinen hinweggetragen würden. Was konnte sie, die schwache elende Kreatur, gegen diesen Riesen unternehmen? Fast ohnmächtig vor Schmerz und Wut, krallte sie sich in die Dielen des Heuschobers. Gerne hätte sie dem Bauern das Gesicht zerkratzt und ihn gebissen und ihn dadurch vielleicht für kurze Zeit außer Gefecht gesetzt, aber, das wusste sie, er wäre zurückgekommen und hätte grausame Rache genommen, vielleicht

hätte er ihre Kinder gequält und sie letztendlich doch alle ersäuft, Mutter und Kinder.

Sie wartete in fatalistischer Ergebenheit auf das endgültige
Herabsinken des Jutesacks – die Katzenkinder schrien und
fiepten in ihrer Todesangst –, als ein Schrei aus einer rauen
Männerkehle sie dazu veranlasste, die Augen aufzureißen und
das Unvermutete zu erblicken. Ihre erstaunt geweiteten Augen
nahmen wahr, wie der Bauer nach hinten fiel und durch die
geöffnete Luke nach unten sauste. Ein seltsam ächzendes Geräusch, und dann Stille.

Meine Mutter, nachdem sie sich aus ihrer anfänglichen Starr-
heit gelöst hatte, schlich vorsichtig bis zum Rand der Luke und
schaute hinunter, wo sie die Gestalt erblickte, die reglos auf
den schwarzen Steinplatten des Schuppens lag. Fritz Kumpf
war tot.

Unweit von ihm entfernt saß ein Hund, man hörte ein Bellen, das freudig und triumphierend klang. Meine Mutter fragte
sich, wer dieser Hund war, den sie im dämmrigen Schuppen
nur als Schatten wahrnahm. Mélac konnte es nicht sein, denn
wie hätte er sich von seiner Kette losreißen sollen, der arme
Gefangene? Ein Lichtstrahl fiel auf die Stelle, wo der Tote lag,
und er erhellte auch die Gestalt des Hundes. Es war Mélac.
Jemand musste ihn befreit haben.

Meine Mutter konnte sich all dies nicht erklären: Mélacs Befreiung von der Kette und die Ursache des Sturzes von Fritz
Kumpf. Sie hatte ja die Augen geschlossen gehalten, ergeben in
ihr Schicksal, das Schicksal einer hilflosen Katzenmutter.

Erst einige Tage später, als der Bauer schon unter der Erde
war und nicht nur für sie, sondern auch für alle andern Hofbe-
wohner, Menschen wie Tiere, ein neues, freies Leben beginnen
sollte, ein Leben ohne Angst, ohne Gewalt, ohne Grausamkeit,
erfuhr sie, was sich während dieser wenigen Minuten, die sie

fast ohnmächtig und blind nur schemenhaft wahrgenommen hatte, zugetragen hatte.

Ein Gespräch zwischen den beiden Söhnen des Bauern gab ihr Gewissheit. Andreas und Michael, sechzehn und neunzehn Jahre alt, hatten unter ihrem gewalttätigen Vater ebenso leiden müssen wie ihre Mutter, Elisabeth, und wie alle Kreaturen, die den Hof bevölkerten.

»Ich mache mir solche Vorwürfe, dass ich den Mélac freigelassen habe. Was da nur in mich gefahren ist?«, sagte Michael, der Ältere.

»Und wie der blitzschnell dem Vater gefolgt ist, die schräge Hühnertreppe zum Heuschober hinaufgeschlichen ist, unbemerkt vom Vater, als habe er das geübt, das Schleichen. Wie eine Katze, geschmeidig und flink«, gab der Bruder zur Antwort.

»Und dann, da oben, hat er den Vater angesprungen, oder hat er ihn zur Luke geschleppt, was meinst du?«

»Das werden wir so genau nie erfahren, aber eins ist sicher. Der Mélac hat da seine Hand ... seine Pfote im Spiel gehabt.«

»Weißt du, welcher Vers von früher, als wir Kinder waren, mir immer wieder in den Sinn kommt? Den hat unsere Mutter uns oft vorgelesen, und sie hat dabei immer so traurige Augen gehabt«, fragte der ältere Bruder den jüngeren.

»Ich weiß, welchen Vers du meinst«, erwiderte Andreas. Das ist der Vers aus der *Geschichte vom bösen Friederich* aus dem Struwwelpeter:

Der Friederich, der Friederich, das war ein arger Wüterich.
Er fing die Fliegen in dem Haus und riss ihnen die Flügel aus.
Er schlug die Stühl und Vögel tot, die Katzen litten große Not.
Und so weiter ...«

»Ja, und dann«, sagte Michael, »dann beißt der Hund den Tierquäler ins Bein, und der böse Friederich wird daraufhin schwerkrank.«

Andreas erwiderte:»Da hat der Mélac vielleicht mal mitgehört, wenn die Mutter im Hof auf der Bank saß und uns die Geschichte vorgelesen hat. Wer weiß, was die Tiere alles so denken.«

Dann fügte er hinzu:»Mach dir keine Vorwürfe, Michael. Mach dir bitte bloß keine Vorwürfe.«

Mélac, der es sich zwischen den Stühlen der beiden Brüder auf dem Teppich im Wohnzimmer gemütlich gemacht hatte, legte den Kopf zwischen die Pfoten und schaute mit unschuldigen Augen zu ihnen hoch. Hinten in einem großen Korb lag meine Mutter und säugte ihre sieben Kinder, nämlich mich und meine sechs Geschwister.

Erst vor ein paar Wochen hat sie mir das alles im Vertrauen erzählt. Und ich, die ich eigentlich gar nicht leben dürfte, weil ich nur eine Herbstkatze bin, ich genieße die sanften Strahlen der Oktobersonne, die mein graues Fell wärmen, und ich schnurre vor Freude darüber, einfach nur leben zu dürfen.

Ich, Mimi, die Herbstkatze.

Cave Canem

Willi, der alte Zottelhund des pensionierten Kripochefs Friedrich Gontard, trottete hinter seinem Herrchen her.

Wenn er an die vielen Stufen dachte, die er gleich würde hinaufsteigen müssen, wurde es ihm schon bang ums Herz. Jeder Schritt tat ihm weh, dem großen weißen Hund, der ahnte, dass seine Tage gezählt waren.

Umso mehr versuchte er, jede Sekunde seines begrenzten Daseins zu genießen. Friedrich Gontard hatte sein Auto in der Nähe des Hotels Hirschgasse abgestellt, und Herr und Hund waren nun unten in der Ziegelhäuser Landstraße angekommen und bogen um die Ecke zur Villa am Stauwehr. Friedrich Gontard würde seiner Tochter Lilli einen Besuch abstatten, die ganz oben im Turmzimmer der Villa wohnte.

Willi war mit Lilli aufgewachsen und freute sich auf sie. Gontard, der Besitzer der Villa, die er vermietet hatte, holte seinen Schlüssel hervor, denn auch auf mehrfaches Klingeln hin öffnete niemand. Ja, natürlich, Lilli war noch bei einer Vorlesung und würde erst später von der Uni zurückkommen.

Herr und Hund traten ein. Willi begrüßte schwanzwedelnd seinen steinernen Kollegen, wie er ihn für sich nannte: den Hund, der aus vielen kleinen Mosaiksteinchen zusammengesetzt war und den Boden des Eingangs zur vornehmen Villa schmückte. Das ist ein Mosaikfußboden im pompejanischen Stil, hatte Friedrich Gontard einmal zu jemand gesagt.

Der vornehme Mosaikhund tat Willi leid, denn er war an eine Kette gelegt und sollte wohl symbolisch das Haus bewachen. Diebe erschrecken, vielleicht sogar Mörder abwehren. *Cave canem* stand unter dem Mosaikhund geschrieben, das war Lateinisch und hieß »Hüte dich vor dem Hund«. Auch das hatte Friedrich Gontard einem Besucher erklärt.

Diebe erschrecken? Mörder abwehren? Willi wusste es besser. Der steinerne Kollege hatte versagt.

Willi kannte die Vorgeschichte der Villa. Hier war einmal vor vielen Jahren eine Studentin die Treppe hinabgestürzt. Oder die Treppe hinabgestürzt worden. Und zu Tode gekommen. War es ein Unfall oder Mord gewesen?

Jedenfalls hatte das junge Mädchen Einbrecher überrascht, die wertvolle Gemälde stahlen. Gemälde von Vermeer, wie es hieß.

Willi trottete unter Schmerzen die Treppe hinauf.

Seine Gedanken verfinsterten sich bei jedem Schritt, zumal er sich die Szene mit dem toten Mädchen vorstellte. Willi war ein Hund mit viel Fantasie, intelligent und empfindsam. Nicht umsonst sagt man oft: *Wie der Herr, so der Hund.*

Nun mussten noch die steilen Stufen zum Dornröschenturm, wie Lillis Dachwohnung von den Gontards genannt wurde, erklommen werden.

Auch meinem Herrchen fällt das Kraxeln nicht leicht, dachte Willi. Er ist auch ganz schön in die Jahre gekommen. Der Arme. Wie er schnauft, wie er stehenbleibt und sich mit der Hand an die linke Seite fasst. Vielleicht sollte er auch etwas weniger futtern. Vor allem abends packt ihn ja ganz schön die Fresslust. Aber, so dachte Willi, ich bin doch selbst auch kein Kostverächter. Was bleibt einem auch noch im Alter als das gute Essen?

Herr und Hund machten es sich gemütlich in Lillis Studentenbude. Ein Zettel lag auf ihrem Tisch, worauf zu lesen war, dass sie erst um neunzehn Uhr nach Hause käme.

Friedrich Gontard steckte sich gemütlich ein Zigarillo an und braute sich eine Tasse Kaffee. Willi lag zu seinen Füßen auf Lillis Patchwork-Teppich, den er so liebte. Plötzlich ertönte von unten ein schriller Schrei. Eine Frauenstimme rief »Mörder«. Der Schrei kam von ganz unten vom Garten her. Gontard erhob sich, so schnell es ging, aus seinem gemütlichen Sessel, und Willi folgte ihm, wenn es auch schwer fiel.

Da musste etwas Schreckliches geschehen sein.

Unten im Garten bot sich den beiden ein jammervolles Bild. Die alte Frau Doktor Berger, die im Stockwerk unter Lilli wohnte, war schluchzend über ihre beiden Lieblinge gebeugt, ihre Spaniels Castor und Pollux. Ab und zu hatte Willi mit den beiden gespielt. Sie waren tot.

»Mörder. Mörder«, rief Frau Doktor Berger wieder.

Neben Frau Doktor Berger knieten Josip Baric, der Hausverwalter der Gontardschen Villa, und der kleine Tobi von nebenan, ein lieber Junge, der Josip gerne Gesellschaft leistete.

An der Gartenmauer zum Nachbargrundstück erschien ein dicker Mann. Das war Hugo Specht, der allgemein als Tierhasser bekannt war.

Frau Doktor Berger beschuldigte ihn, ihre Lieblinge auf dem Gewissen zu haben, doch er entgegnete frech, er habe Rattengift ausgelegt und könne nichts dafür, dass ihre dummen Köter das Gift gefressen hatten. Es gab ein Wortgefecht.

Frau Doktor Berger drohte mit der Polizei. Der dicke Hugo Specht verschwand in seinem Haus.

Josip begrub Castor und Pollux unter dem Haselnussstrauch, unter dem die beiden so gerne im Schatten gelegen hatten. Nun sollten sie für ewig hier ruhen. Tobi ergriff während der traurigen Zeremonie die Hände von Frau Doktor Berger.

Dann geleitete Friedrich Gontard die immer noch schluchzende alte Dame, die sich schwer vom Grab ihrer Lieblinge trennen konnte, ins Haus. Willi trödelte und blieb zurück, unbemerkt von Friedrich Gontard, der zu sehr damit beschäftigt war, der armen Frau Doktor Berger Trost zuzusprechen. Auch Josip und Tobi waren unterdessen nach drinnen gegangen. Willi schnüffelte unter den Bäumen und Sträuchern. Etwas sagte ihm, dass es da etwas zu finden gäbe, und er fand etwas. Da lagen viele kleine Wurststückchen im Gras an der Mauer. Willi schnupperte vorsichtig daran. Sie rochen wirklich merkwürdig.

Das waren absichtlich für Hunde präparierte Köder, denn Willi erkannte in den Wurststücken die Lieblingssorte von Castor und Pollux. Die beiden waren von ihrer Herrin verwöhnt und mit Parmaschinken gefüttert worden, wenn es eine besondere Belohnung geben sollte.

Vorsichtig tastete sich Willi an die erlesenen Schinkenstücke heran. Eines davon hatte sich von selbst aufgerollt, und blaue Kügelchen kullerten heraus. Das war Rattengift, für Hunde ausgelegt. Willi war nur noch von einem Gedanken beseelt. Er musste seine Freunde rächen. Das verlangte seine Ehre, da er sonst nichts mehr für die beiden tun konnte. Leider konnte er am gleichen Tag nichts mehr ausrichten, denn Lilli kam heim, und Willi wurde vermisst. Von oben aus ihrem Dornröschenturm rief sie nach ihm. Mühsam quälte er sich die vielen Stufen hoch und wurde herzlich begrüßt und gekrault, was ihn für das mühsame Treppensteigen entschädigte. Außerdem hatte Lilli ihm eine Belohnung mitgebracht.

Willi dachte, als er mit seinem Herrchen nach Hause in den Odenwald fuhr, dass er ihm auch noch am nächsten Tag die Indizien an der Mauer würde zeigen können.

Doch er hatte sich geirrt. Beim nächsten Besuch in der Heidelberger Villa waren die Wurststücke verschwunden. Alle Beweise waren weggeräumt worden. Es war unschwer zu erraten, wer die verräterischen Schinkenröllchen beseitigt hatte.

Friedrich Gontard, den Willi zur Mauer geführt hatte, schüttelte den Kopf, als sein Hund hin und herlief und jämmerlich jaulte. Es war ein Jammergeheul der Enttäuschung.

»Was ist denn, Willi?«, fragte Gontard. »Du vermisst deine Freunde. Stimmt's?«

Auch ein ehemaliger Kripochef ist nur ein Mensch und hat seine Grenzen, und die Hundesprache verstand er leider nicht. Willi musste alleine handeln. Die Gelegenheit kam einige Tage später, als Friedrich Gontard wieder auf Besuch in der Heidelberger Villa war und Willi in einem unbewachten Augenblick davonschleichen konnte. Er zwängte sich durch ein Loch in der Mauer zwischen den beiden Grundstücken hindurch und näherte sich dem Fenster zum Parterre, wo, wie der schlaue Hund wusste, Spechts Wohnzimmer lag.

Er wohnte allein und war fernsehsüchtig. Der Fernseher lief ganz laut, denn Hugo Specht war schwerhörig. Von drinnen ertönte ein fieses, hämisches Lachen. Es war Hugo Specht, der sich über seine Lieblingssendung *Upps! – Die Pannenshow* amüsierte. Anna und Friedrich Gontard hatten sich aus Versehen einmal in diese Sendung hineingezappt und waren entsetzt über diese Unfälle gewesen, die als lustig gelten sollten. Missgeschicke jeglicher Art waren hier gefilmt worden, Menschen und Tiere kamen zu Schaden, und das Ganze wurde zur Belustigung der Zuschauer ausgestrahlt.

»Das ist doch was für Fieslinge, stell das ab«, hatte Anna gesagt.

»Du hast Recht. Wer guckt sich so was an und lacht auch noch darüber?«

Nun ja, Willi, der schlaue Hund, wusste, wer sich diese Sendung ansah. Zum Beispiel Hugo Specht, der nette Zeitgenosse, Tierhasser und Hundevergifter.

Der große Hund Willi reckte sich an der Hauswand empor, soweit es seine von Arthrose geplagten alten Glieder erlaubten. Er erhaschte einen Blick auf den Bildschirm, und dieser Blick sagte ihm alles.

Im Fernsehen stieg eine korpulente ältere Frau die Sprossen einer Leiter hoch, sehr unbeholfen, die Leiter kippte nach hinten um, die Frau kippte ebenfalls. Hugo Specht klopfte sich auf die speckigen Schenkel und lachte laut schallend. Die Szene wurde abgeblendet. Was aber war mit der Frau geschehen? War sie verletzt oder gar tot? Die Frage schien Hugo Specht nicht zu beunruhigen. Er amüsierte sich schon über die nächste Szene, in der ein kleines Mädchen von einer Schaukel fiel. Spechts Schadenfreude war grenzenlos. Er applaudierte vor Vergnügen, er wieherte wie ein Pferd und hörte nicht mehr auf.

In Willi reifte ein Plan. Ihm war aufgefallen, dass Hugo Specht vor einigen Tagen damit begonnen hatte, die Fassade seines Hauses zu streichen. Er schlich zu Spechts Schuppen. Die Tür war zum Glück nicht verschlossen.

Da stand eine hohe Leiter, daneben Farbtöpfe. Auf der Werkbank lagen diverse Pinsel und Lappen. Und es gab einen Kanister mit Terpentinöl und einen Eimer mit einer schmierigen Substanz auf dem Boden unter der Werkbank.

Willi griff mit der Pfote in den Eimer und begann, die Sprossen der Leiter von der Mitte aus zu bearbeiten. Sein alter Rücken schmerzte, doch er musste tun, was zu tun war.

Nach vollendeter Arbeit verließ Willi leise den Schuppen und streifte sich, bevor er ins Haus ging, im Gras die beschmierten Pfoten ab. Nun würde das Schicksal weiterarbeiten müssen. Willis Mission war beendet.

Einen Denkzettel würde er Hugo Specht verpassen.

Einen Tag später erreichte ein Anruf Friedrich Gontard in seinem Domizil im Odenwald. Josip, der Hausverwalter, teilte ihm mit, dass der Nachbar Hugo Specht beim Streichen der Fassade seines Hauses von der Leiter gefallen und verletzt ins Krankenhaus abtransportiert worden war.

Sofort begab sich Friedrich Gontard nach Heidelberg. Als Herr und Hund in der Villa ankamen, ging Gontard aufs Nachbargrundstück hinüber und prüfte die Leiter, die noch an der Hauswand angelehnt war.

Er prüfte, ob die Sprossen angesägt worden waren. Irgendwelche schmierigen Reste fand er nicht. Irgendjemand musste die Spuren beseitigt haben.

Und Willi wusste, wer die schmierige Substanz weggewischt hatte. Josip, der dabeistand, als der Kripochef die Sprossen untersuchte, schaute ein wenig schuldbewusst drein. Das merkte Willi, der Hund. Friedrich Gontard, der ehemalige Kripochef, bemerkte es nicht. Er war eben nur ein Mensch.

Als Gontard mit dem Prüfen fertig war, ging er hoch zum Dornröschenturm, denn Lilli war gerade von der Uni heimgekommen. Willi trödelte und blieb, wieder einmal unbemerkt, im Garten zurück.

Frau Doktor Berger kam langsam die Treppen zum Garten herab und sie, die sonst so friedliche Frau, sagte zu Josip: »Schade, dass er nicht tot ist, der Unmensch.«

»Keine Angst, Frau Doktor«, flüsterte Josip. »Ich habe die Spuren verwischt.«

Frau Doktor Berger konnte sich auf Josips Worte zunächst keinen Reim machen.

Dann rief sie aus: »Sie glauben doch nicht, Josip, dass ich …?«

Josip zwinkerte verschwörerisch mit den Augen und sagte leise: »Er hat es verdient. Er hätte noch Schlimmeres verdient.«

Frau Doktor Berger wollte etwas entgegnen, aber sie merkte, es war zwecklos und unnötig, etwas abzustreiten.

Sie hatte ja immerhin in Gedanken den Tierhasser Hugo Specht auf tausend verschiedene Arten ins Jenseits befördert. Und nun war er nicht im Jenseits angekommen, sondern würde in all seiner Boshaftigkeit ins Diesseits zurückkehren. Wirklich schade.

Willi schaute unschuldig drein, legte den Kopf schief. Von oben rief Friedrich Gontard, der seinen lieben alten Hund vermisste.

Willi trottete ins Haus, und er begrüßte im Hereinkommen seinen steinernen Kollegen, den Mosaikhund im pompejanischen Stil.

Er stieg langsam und schmerzgeplagt die vielen Stufen zum Dornröschenturm der Villa hoch und dachte dabei, dass er vielleicht doch noch dem Hugo Specht zu einem Abgang ins Jenseits verhelfen könne. Vielleicht würde sich eine Gelegenheit ergeben, im Spätherbst, wenn Hugo Specht seine Äpfel erntete. Spechts Apfelbaum war sehr hoch.

Cave Canem, Hugo Specht, dachte er und trottete die vielen Stufen hoch. Oben wurde er freudig von Friedrich Gontard und von Lilli begrüßt.

Nachsatz:

Zu der geplanten Rache kam es nicht mehr. Wie die Leser von *Die Mauern des Schweigens* wissen (5. Gontard-Band), hat Willi, der alte Familienhund der Gontards, den Spätherbst nicht mehr erleben dürfen. Er ist friedlich eingeschlafen. Und vielleicht war es gut so.

Anubis

The naming of cats is a difficult matter ...
T. S. ELIOT, *Old Possum's Book of Practical Cats*

Ja, der englische Poet und Katzenfreund T.S. Eliot hat es auf den Punkt gebracht: Es ist schwierig, den richtigen Namen für eine Katze zu finden. Und nach allem, was in den letzten Tagen passiert ist, darf ich aus eigener Erfahrung hinzufügen: Es ist nicht nur schwierig, den richtigen Namen für eine Katze zu finden. Es kann geradezu fatale Folgen haben, einer Katze den *falschen* Namen zu geben.

Aber gestatten Sie, dass ich mich Ihnen vorstelle, meine sehr verehrten Damen und Herren: Ich bin Anubis, und ich war der Kater von Elvira Schmidt-Freudental. Sie haben sich nicht verhört, meine Damen und Herren. Ihr leises Kichern kränkt mich zwar ein wenig, das muss ich schon gestehen, wenn es auch beweist, dass Sie gebildet sind, fast so gebildet vielleicht wie ich selbst.

Anubis, so tuscheln Sie untereinander, das ist doch kein Name für einen Kater. Anubis, ist das nicht jener ägyptische Gott gewesen, der mit dem Hundekopf, der manchmal als liegender Schakal, manchmal als Mensch mit einem Hundekopf dargestellt wird, in der Hand das Was-Zepter? Langer, schwarzer Hundekopf mit spitzen, hochgestellten Ohren? Genau. Ich wusste, dass Sie gebildet sind, meine Damen und Herren.

Alle wissen, dass Anubis ein Hund ist, nur meine Besitzerin, Elvira Schmidt-Freudental, wusste es nicht. Dabei brüstete sie sich vor allen Leuten und unentwegt damit, wie gut sie in der ägyptischen Mythologie bewandert war. Überhaupt hatte sie diesen Ägyptenfimmel. Bei einem ihrer Kaffeekränzchen prahlte sie mit ihrer »Bildungsreise« nach Ägypten, einer Kreuzfahrt zum »Ort ihrer geheimen Sehnsüchte«, wie sie es ausdrückte. Es war eine Schifffahrt gewesen zwischen Luxor und dem Assuan-Staudamm, dazwischen Landgänge, bei denen die Touristen von den Einheimischen ausgenommen werden wie die Weihnachtsgänse und von denen sie mit unnützem Tand heimkehren, solch unentbehrlichen Dingen wie elektrischen Ananasschneidern oder Heizdecken, wie naive Rentner von einer Kaffeefahrt.

»Traumhaft«, hatte Elvira Schmidt-Freudental geseufzt. »Traumhaft, diese Bildungsreise. Nie hätte ich gedacht, dass die Pyramiden so groß sind!«

Von wegen traumhaft! Ich weiß es besser. Eine Woche nach der Ägyptenfahrt schlurfte sie ermattet in der Wohnung herum, weil sie sich einen mysteriösen Virus mitgebracht hatte.

Doch vielleicht sollte ich nicht ganz so rigoros über den Ägyptenfimmel meiner einstigen Besitzerin urteilen. Immerhin war es ihr Vernarrtsein in alles Ägyptische, das sie wohl dazu veranlasst hatte, mich bei sich aufzunehmen, mich, die streunende Straßenkatze, verwaist nach dem plötzlichen Tod von Herbert Müller, meinem ersten Besitzer, einem liebenswerten Kakteensammler und Hobbykoch, der mich ein wenig einfallslos »Schnurrle« genannt hatte. Läppisch, dieser Name, aber wenigstens ein Katzenname. Herrn Müller sei verziehen, Friede seiner Asche. Er war dick und gemütlich und fütterte sich und mich mit den erlesensten Leckerbissen. Als er eines Morgens tot im Bett lag und als seine Erben, alles Tierfeinde, mich vor die Haustür setzten, strich ich viele Wochen lang durch die Gärten und Straßen und ernährte mich von dem, was die Mülltonnen so zu bieten hatten. Es war entwürdigend für mich. Entwürdigend und zehrend, und das im wahrsten Sinne des Wortes. Eines Abends fand mich eine Frau, mollig, mit platinblond gefärbten Locken, Mitte fünfzig, und sie nahm mich halbverhungertes Wesen mit in ihre Wohnung, die nach Moschus oder Patschuli oder sonst einem orientalischen Zeug roch. Die Frau war Elvira Schmidt-Freudental.

»Ach. Das arme Tierchen. So ein schöner Kater, aber nur noch Fell und Knochen. Den muss ich aufpäppeln. Und geradezu ägyptisch sieht er aus. Wie Anubis. Der ägyptische Katzengott. Ja, er wird Anubis heißen.«

Mich durchzuckte es bei ihren Worten. Halbgebildete kann ich nicht ausstehen. Aber wenn man am Verhungern ist, fragt man nicht lange, wer einem das Futter ins Schälchen gibt, wer einen vor dem Tod errettet.

Mein Fell wurde bald wieder seidig glänzend, ich bekam Speck auf die dürren Rippen, es war ein prachtvoller Anblick, wenn ich am großen Spiegel vorbeistrich, und Elvira Schmidt-Freudental gab viele Kaffeekränzchen, um mit ihrem bildschönen ägyptischen Katzengott zu prahlen. Sie tat auch gut daran, immerhin waren Katzen den Ägyptern heilig, sie fütterten sie mit in Milch eingeweichtem Brot und frischem Fisch aus dem Nil, sie zupften sich zum Zeichen allergrößter Trauer die Augenbrauen aus, wenn ihre Katzen starben, und die Leichen ihrer vierbeinigen Lieblinge wickelten sie in Leintücher und rieben sie mit Zedernöl ein, um sie zu mumifizieren. Wer eine Katze auch nur aus Versehen tötete, der wurde ohne viele Umschweife hingerichtet.

Aber das alles wussten meine Besitzerin und ihre Kaffeeklatschfreundinnen nicht, sie nannten mich weiterhin Anubis, als sei ich ein Hund. Sollten ihre Zungen im Gaumen eintrocknen, wenn sie den verhassten Namen aussprachen! Innerlich seufzend ergab ich mich in mein Schicksal, als bekennender Kater einen Hundenamen tragen zu müssen.

Doch dann kam der Tag, der die fatale Wende brachte.

Es war an einem Dienstag, genau genommen am 26. Oktober 2009, als Elvira Schmidt-Freudental nach Baden-Baden fuhr, um sich die Kunstausstellung *Der Blaue Reiter* im Frieder Burda-Museum anzusehen.

Ich wusste es, weil sie ihrer Busenfreundin Lollo am Telefon erzählte, sie müsse unbedingt diese Bilder von Franz Marc angucken, vor allem seine Tierbilder, denn die »Seele der Tiere hat keiner so gut dargestellt«.

Hohngelächter, nach innen gekehrt, ließ mich erbeben. Die Seele der Tiere, fürwahr. Wer bitte nahm Rücksicht auf meine für immer und ewig gekränkte Seele? Die gedemütigte Seele des Katers Anubis?

Als Elvira Schmidt-Freudental von Baden-Baden zurückkam, schwante mir nichts Gutes. Sie war so überaus verändert, schien zu schweben wie eine Elfe, trällerte Liedchen, obwohl ich sie nie vorher hatte singen hören. Es war schauerlich und beunruhigend dazu.

Ich musste nicht lange über die Gründe für die Metamorphose meiner Besitzerin nachdenken. Ihr Telefongespräch mit Lollo ließ mich aus allen Wolken fallen.

»Lollo, stell dir vor, was mir passiert ist. Du kennst den Spruch, dass einer Frau über vierzig eher eine Atombombe auf den Kopf fallen kann, als dass sie noch einmal den richtigen Mann trifft?«

Gebrabbel am anderen Ende der Leitung, aufgeregt und undeutlich.

Ich lag auf dem Sofa, stellte mich schlafend, aber alles an mir war angespannt. Knisternde Neugier, Nerven kurz vorm Zerreißen. Das war es also. Sie hatte sich verliebt.

»Ja, Lollo, genau. Ich bin ihm begegnet. Dem Mann meiner Sehnsucht.«

Wieder Gebrabbel. Lollos schrille Stimme, fragend.

»Im Museum. In Baden-Baden. Die ausgelagerten Expressionisten, die vom Lenbachhaus in München. Es war letzten Dienstag. Aber zur Sache: Ich stand gerade vor Franz Marcs Gemälde mit dem blauen Pferd, da hat er mich angesprochen.«

Gebrabbel am Ende der Leitung.

»Nein. Doch nicht Franz Marc. Der ist doch schon lange tot, im 2. Weltkrieg gefallen.«

Ich hätte platzen können. Ich schämte mich für meine ungebildete, eingebildete Besitzerin. Im Zweiten Weltkrieg gefallen. Marc war 1915, also im Ersten Weltkrieg gefallen. Blutüberströmt war sein Pferd zur Einheit zurückgekehrt, ohne den Reiter, der von einer Granate getroffen worden war.

»Nein«, fuhr sie fort. »Er stand vor mir, sein Name ist Sigmar Oberfeld, und er sagte: Die Seele der Tiere hat keiner so bewegend gemalt wie Franz Marc.«

Wo hat er den Satz gelesen, ging es mir durch den Kopf.

Elvira fuhr fort: »Ja, natürlich. Er kommt am Sonntag zum Kaffee vorbei. Mit seinem Hund. Er ist Hundenarr, und er war enttäuscht, dass das Gemälde mit dem Hund von Franz Marc nicht ausgestellt war. Die Hunde haben von allen Tieren die tiefste Seele, das hat Sigmar gesagt.«

Diese Mitteilung traf mich wie ein Blitzschlag. Doch es kam noch schlimmer.

»Ja, Lollo, du hast recht, Anubis könnte ein Problem werden. Sigmar kann Katzen nicht leiden, und Pluto ist geradezu ein Katzenhasser.«

Also Pluto hieß das liebreizende Hündchen des Galans meiner Besitzerin.

»Ein Problem, tatsächlich. Aber vielleicht wird es nicht so schlimm. Warten wir mal ab.«

Gebrabbel, vermutlich wohlgemeinte Ratschläge seitens Busenfreundin Lollo. Dann das Ende des Telefongesprächs.

Es wurde viel schlimmer als erwartet. Dieser Sonntag war ein Schicksalstag, nicht nur für mich.

Um fünfzehn Uhr, ich lag gerade voller Erwartung und böser Vorahnung auf dem Sofa, schellte es an der Tür. Elvira schwebte, eine Duftwolke von Moschus hinter sich herziehend, zum Eingang.

Als ich den Mann sah, erschrak ich bis ins Mark: langes, schmales Gesicht, lange Schnauze – will sagen: Nase. Spitze Ohren. War dies eine Reinkarnation von Anubis, dem Hundegott, wie ich ihn vom Lexikon her kannte?

Ich erschrak noch mehr, als dicht hinter diesem Menschenhund oder Hundemenschen der richtige Hund, Pluto, das Wohnzimmer betrat.

Wie der Herr, so der Hund, sagt man doch oft, und auch, dass sich Herren und Hunde oft gleichen. Mimikry. Wer hatte sich da wem angeglichen? Niemals würde eine Katze sich dazu herablassen, dem Besitzer oder der Besitzerin gleichen zu wollen. Es wäre völlig gegen die Ehre einer Katze.

Diese Hunde! Alles Schleimer, völlig charakterlos und devot. Auch Pluto, spitzohrig, mit langer, schwarzer Schnauze, hatte sich angepasst.

Als er mich sah, riss er sich von der Leine los, und das, obwohl sein Herrchen die Schlaufe der Leine fest um sein Handgelenk gewickelt hatte. Sigmar Oberfeld wäre fast gestürzt. Wie ein Besessener stürzte sich Pluto auf mich, aber ich war flinker. Mit einem gewaltigen Satz sprang ich auf den Schrank, er bellte mich von unten herauf an, bis sein Besitzer ein energisches »Aus!« und »Sitz!« rief und ihn damit vorerst zur Ruhe brachte. Beleidigt seufzend ließ sich das Hundevieh auf den Teppich plumpsen, schielte aber unablässig zu mir hoch.

»Braver Pluto«, lobte Sigmar Oberfeld seinen Hund. »Er ist ein braver Hund. Aber wenn er eine Katze sieht, ist er nicht zu bremsen.«

Braver Hund! In der Tat. Ich blieb auf meinem sicheren Platz und regte mich nicht, um die Bestie unter mir nicht zu reizen. Es war wichtig, Ruhe zu bewahren. Nur nicht auffallen. Ich rührte mich nicht, aber ich stellte die Lauscher, damit mir nichts entgehen sollte.

Es wurde viel gesäuselt. Von der Harmonie zweier verwandter Seelen, und dass es doch eine Fügung des Schicksals war, dass beide ausgerechnet am 26. Oktober 2009 in diesem Museum waren. Die beiden Turteltäubchen vergaßen fast alles um sich.

»Ein *coup de foudre* war es, ja ja«, sagte Sigmar Oberfeld (er war ein pensionierter Französischlehrer).

»Ein *coup de foudre*, fürwahr.«

Ein Blitzschlag. Oder so etwas Ähnliches. Wie Recht er haben sollte!

Pluto begann nach einer Weile wieder zu grummeln und zu grollen, er sprang am Schrank hoch, verkratzte ihn. Der unkultivierte Trampel.

Ich zwang mich zur Ruhe. Es fiel mir schwer.

»Von Pluto könnte ich mich niemals trennen«, sagte der Französischlehrer. »*Mon chien, c'est moi.*«

Widerlich. Doch es gibt für alles eine Steigerung.

»Könnten Sie sich von Ihrer Katze trennen? Komischer Name übrigens: Annabelle.« Er sagte es lauernd und gemein. Ich bebte innerlich.

»Anubis, nicht Annabelle«, berichtigte Elvira Schmidt-Freudental kleinlaut. »Der ägyptische Katzengott Anubis.«

Welche Qual für meine armen Ohren. Anubis, der Katzengott. Annabelle. Nun ging es auch noch an meine männliche Ehre!

Elvira Schmidt-Freudental hauchte hingebungsvoll:»Wenn es sein müsste, dann könnte ich mich ... trennen ... von ...«

»Das wird auch so sein müssen. Azubi oder Pluto. Azubi oder ich«, sagte der Seelenfreund mit Nachdruck. *Azubi?*

»Ja, dann ...«, erwiderte Elvira und schaute schuldbewusst zu mir hoch.

Ich hatte genug gehört. Das Fenster war leicht angelehnt, ich sprang auf das Fensterbrett und floh über den Balkon. Das war immer noch ein würdigerer Abgang, als vor die Tür gesetzt zu werden.

Ich wusste, was zu tun war. Ich war eine geduldige Katze. Ich legte mich gegenüber von Elvira Schmidt-Freudentals Haus auf die Lauer.

Meine Beharrlichkeit, mein schlaues Überlegen wurden belohnt. Gegen halb sieben, es war schon am Dunkelwerden, wurde die Eingangstür geöffnet. Der Seelenfreund mit Hund wurde von Elvira innigst verabschiedet. Plutos Leine war fest um Sigmar Oberfelds Handgelenk geschlungen, Elvira hing mit beiden Armen um seinen Hals. Nach meiner plötzlichen Flucht musste sich so einiges zugetragen haben.

Dann ging alles doch blitzschnell. Ich richtete mich in meiner ganzen stattlichen Größe auf, all mein angestauter Frust, meine Seelenpein und meine Wut entluden sich in höllischem Gefauche, und es geschah, was geschehen musste.

Die Straße war belebter geworden. Pluto stürzte wie ein Besessener auf die Straße in meine Richtung.

Bremsen quietschten, der Lkw-Fahrer stieg aus und stammelte, als er sah, was er angerichtet hatte:»Oh nein, wie grässlich, wie grässlich ... ich konnte doch nichts dafür ...«

Er stand unter Schock, viele Leute versammelten sich um die Szene. Ein großes Unglück. Die Schaulustigen kamen auf ihre Kosten: zwei tote Menschen, ein toter Hund. Was kann ich dafür, dass Plutos Herrchen die Unsitte hatte, die Hundeleine so fest um sein Handgelenk zu schlingen? Was kann ich dafür, dass Elvira Schmidt-Freudental die Umarmung nicht gelöst hatte und ebenfalls mitgerissen wurde, als Pluto auf die gegenüberliegende Straßenseite rannte, als sehe er den Teufel?

Ganz so dramatisch hatte ich die Sache nicht gewollt. Da stellt sich die philosophische Frage: Wo hört das Planen auf? Wo beginnt das Schicksal?

Eine wahrhaft philosophische Frage, die ich an Sie, meine verehrten Damen und Herren, weitergeben möchte. Es bleibt unter uns, was ich Ihnen soeben im Vertrauen erzählt habe?

Für mich jedenfalls gab es ein Happyend: Eine ganz liebe alte Dame nahm mich halbverhungertes Katerchen zehn Tage nach dem besagten Schicksalstag in ihre gemütliche Wohnung auf.

Erna Knoll reist nie, am allerwenigsten nach Ägypten, sie hat außerdem ein Hundetrauma, seit sie als Kind von einem Schäferhund gebissen wurde, und sie geht, glaube ich, auch nie ins Museum. Und wenn schon: Sie ist fünfundachtzig und wird bestimmt nicht vor einem Gemälde von einem »Seelenverwandten« angesprochen.

Fast habe ich vergessen, Ihnen zu sagen, dass Erna Knoll eine Freundin hat, die nächste Woche mit ihrer Katzendame zu Besuch kommt. Ich habe mitgehört, wie Erna Knoll telefoniert hat.

»Bringst du Basti mit?«, hat sie gefragt.

Basti, ein komischer Name für eine Katzendame, mögen Sie nun sagen, meine verehrten Damen und Herren.

Ich glaube, Erna Knoll hat sich verhört. Sie ist beinahe taub.

Ich glaube, dass diese Katzendame, auf die ich mich so freue, niemand anderes sein kann als *Bastet.*

Bastet, die Katzengöttin der alten Ägypter. Die Göttin der Liebe.

Bellas Rache

Gestatten, mein Name ist Bella, ich bin eine schwarze Mischlingshündin und Mutter von drei Welpen, zwei Jungen und einem Mädchen. Ich bin Witwe. Alleinerziehend sozusagen.

Meine Jungs, Pluto Zwei und Bärli, sind ihrem Papa selig wie aus dem Gesicht geschnitten, besonders der erstere, doch das Töchterchen, Griseldis, kommt eher nach meiner Familie. Vielleicht ahnen Sie schon, wer der Unglückliche war. Er, der Vater meiner Kinder, der bedauernswerten Halbwaisen. Pluto, durch einen heimtückischen, rachsüchtigen Kater gemeuchelt, war mein Liebster.

Hochschwanger, musste ich, die ich treu an der Ecke ausgeharrt habe, während Pluto mit seinem Herrchen diese Katzenbesitzerin besuchte, mit ansehen, wie … Ich möchte es nicht aussprechen, der Schmerz überwältigt mich aufs Neue, wenn ich daran denke, wie entsetzlich mein Liebster enden musste.

Es gellt mir immer noch in den Ohren, das Hohngelächter des perfiden Katers, der alles angezettelt hatte, der aus niedersten Beweggründen den Erzeuger meiner unmündigen Kinderchen in den Tod lockte.

Erstarrt war ich, unfähig, auch nur eine Pfote zu erheben, zu meinem Liebsten zu eilen, ihn ein letztes Mal zu umarmen. Aber alles wäre vergebliche Liebesmüh' gewesen, und es ist vielleicht besser, dass ich mich meines Liebsten so erinnere, wie er unversehrt und stattlich, ein wahrhaft edler Vertreter seiner Gattung, tagtäglich mein Herz erfreute.

Ich schlich heim, unbeholfen mit meinem dicken Bauch, und unterwegs dachte ich, ich würde vor Schmerz, vor Seelenpein vergehen, vielleicht meine Hundebabys verlieren. Und das, mein Instinkt sagte es mir, wollte ich am Allerwenigsten: auch noch die Kinder verlieren, die mich immer und ewig an meinen Liebsten erinnern würden. Die Kinder, Pfand unserer alle Widrigkeiten überdauernden Liebe. Ich schlich zu meiner lieben Herrin, die schon voller Besorgnis nach mir rief, denn ich war, vielleicht einer bösen Vorahnung folgend, ausgebüchst, ganz gegen meine Gewohnheit, um Pluto zu folgen, dessen Herrchen, Sigmar Oberfeld, im Nachbarhaus wohnte.

Sigmar Oberfeld war ein gutmütiger Mensch, den das Schicksal in die Arme jener platinblonden, hohlen Sirene getrieben hatte, der Besitzerin des teuflischen Katers Anubis. Nun waren alle drei tot: Pluto, sein Herrchen, die Platinblonde.

Meine Herrin, überglücklich, als ich auftauchte, schloss mich Dickbäuchige in die Arme. Sie erschrak, als sie bemerkte, dass etwas mit mir nicht in Ordnung war. Sie bot mir allerlei Leckerbissen an, doch ich verweigerte die Nahrung, lag apathisch in meinem Hundekörbchen, es gelang mir nicht einmal, mit dem Schwanz zu wedeln. Ich jaulte ein wenig, verstummte dann. Am nächsten Tag war die Nachbarschaft in hellem Aufruhr, nachdem die Nachricht von Sigmar Oberfelds und Plutos Tod die Runde machte. Alle rätselten, wie es zu dem Unglück hatte kommen können, die wildesten Spekulationen kursierten, aber nur ich kannte die Wahrheit.

Jemand vermutete, Pluto habe eine Hündin auf der anderen Straßenseite gesehen, sei im Liebeswahn davongestürzt und habe dabei sein Herrchen und dessen Bekannte, die wie eine Klette an ihm hing, mit sich gerissen. Eine Hündin. Diese

Theorie verletzte mich zutiefst, konnte ich mich doch auf Plutos Treue absolut verlassen.

Meine Herrin ahnte, dass Pluto, der Nachbarhund, der Vater meiner ungeborenen Kinder war, und als meine Stunde näherrückte, als meine vaterlosen Kinderchen geboren wurden vor der Zeit, genau eine Woche nach Plutos Ableben, war meine Herrin, sie hieß übriges Gisela Sonnenberger, eine alleinstehende ehemalige Lehrerin, ganz aus dem Häuschen vor Freude.

Sie schloss mich in die Arme und rief aus:»Der Kleine da sieht ja exakt aus wie Pluto. Er soll Pluto Zwei heißen. Und der da gleicht einem Bärchen. Wie wär's, wenn ich ihn Bärli taufe? Und die Kleine, wie niedlich. Die kriegt einen ganz romantischen Namen: Griseldis. Und ich behalte alle drei Babys. Als Trost für dich.«

Hunde können weder vor Freude noch vor Trauer weinen, auch nicht lachen vor Glück, aber ich weinte innerlich vor Freude und lachte vor Glück über Gisela Sonnenbergers Großzügigkeit. Ich dankte ihr für ihr goldenes Herz, indem ich ihr die Hände abschleckte.

»Ist schon gut«, sagte sie und streichelte mein schwarzes Fell. »Ist schon gut. Ich hab doch Zeit jetzt, wo ich pensioniert bin, da werde ich halt eine Hundemutter. Vier Hunde, das hat nicht jeder.«

Der kleine Pluto Zwei glich von Tag zu Tag mehr seinem Vater selig, und auch Bärli und Griseldis entwickelten sich prächtig.

Gisela Sonnenberger, die sich vor ihrer Pensionierung voll und ganz mit ihrem Beruf identifiziert hatte, ließ ihre ganze Energie und Schaffenskraft und Liebe nun meinen Babys zuteilwerden. Meine vierbeinigen Kinder ersetzten ihr die zweibeinigen Schüler, und gemeinsam päppelten wir die armen Vaterlosen auf.

Ich vergaß über dieser verantwortungsvollen Arbeit zuweilen sogar Pluto. Dennoch reifte in mir unterschwellig ein Plan, der sich bald zur Obsession steigern sollte. Wenn meine drei Kinder entwöhnt und selbständig wären, würde ich zur Tat schreiten: den Liebsten zu rächen. *Auge um Auge, Zahn um Zahn.* Diesen Satz hatte ich in einem dicken, aufgeschlagenen Buch gelesen, das sehr muffig roch und Stockflecken hatte und auf Gisela Sonnenbergers Schreibtisch lag. Sie war Religionslehrerin gewesen, und auf dem dunkelroten Einband des Wälzers stand das Wort *Bibel.*

Auge um Auge, Zahn um Zahn. Eigentlich klangen diese Worte für meinen Geschmack zu grausam, zu kriegerisch, zu nachtragend und rachsüchtig. Ich bin doch eher harmoniebedürftig, sanft, liebevoll und verzeihend.

Der Satz verfolgte mich bei Tag und Nacht. Beim Spielen mit meinen drei lebhaften Kindern und bis in meine Träume hinein. Ich japste und schnaufte und gab heulende Geräusche von mir, von denen ich selbst erwachte und die mir auf erschreckende Weise zeigten, dass ich von einer fixen Idee besessen war: Rache.

Als meine Kinder eines Tages von Gisela Sonnenberger spazieren geführt wurden – ich durfte daheim bleiben, da ich eine Unpässlichkeit vortäuschte –, riss ich aus, durch ein Loch im Zaun hindurch.

Ich hatte schon vorher in Erfahrung gebracht – und dies allein durch unermüdliches Erschnüffeln –, wo Anubis nach dem Tod der Platinblonden untergekommen war.

Erna Knoll hieß die Frau, und ich wusste auch mittlerweile, dass sie eine Hundephobie hatte. *Wie der Herr, so's Gescherr,* so heißt es doch im Sprichwort, oder?

Sie sah gutmütig aus, diese Erna Knoll, aber sie hatte den Teufel im Leib, ebenso wie ihr gehätschelter, inzwischen verfetteter Kater Anubis. Einmal warf sie mit einem Stein nach mir, als ich ihr vor dem Haus begegnete, und sie nannte mich einen räudigen Köter.

Als ich um die Ecke zur Fichtestraße einbog, in der sich Anubis bei Erna Knoll eingenistet hatte und wo er ein Leben wie im Schlaraffenland führte, zuckte ich zusammen. Da vorne stolzierte Anubis, Pfote in Pfote mit einer sehr gestylten Katzendame.

»Bastet«, hauchte der dicke Kater. »Meine Göttin.«

Ich habe ein Gehör für mehrere Hunde zusammen. Kein Wort des Liebesgesäusels entging mir.

»Das ist das schönste Geheimnis, das ich in meinem Leben vernommen habe. Wann ist es wohl soweit?«

»Miau«, hauchte die Gestylte zurück und strich sich kokett durch die lange Mähne. Sie war eine weiße Angorakatze und hatte sich, wie es aussah, gerade neue rötliche Strähnchen einfärben lassen.

»Bald. Schau mal.« Und sie reckte ihren Bauch nach vorne, den Bauch einer Schwangeren. »Es werden gewiss alles Katerchen, hübsch wie der Papa.«

Der Dicke lachte geschmeichelt und legte die feisten Arme um seine Göttin.

Unglaubliches spielte sich in meinem Inneren ab. Kaum kann ich den Ansturm der Gefühle beschreiben: Trauer, vermischt mit Wut, Neid über diese ach so innige Zweisamkeit, Rachgier, Vergeltungssucht, keine hehren Gefühle, zugegeben, aber sie seien mir doch gegönnt, meine niederen Gefühle, nach allem, was ich habe durchmachen müssen, oder?

Rächen wollte ich Pluto, meinen Liebsten, und dies baldigst. Sollte Bastet leiden, weinen um den Vater ihrer Katzenkinder, wie ich um den Vater meiner Hundekinder weinte. Gift sollte es sein.

Anubis, dies verriet seine behäbige Rundlichkeit, war kein Kostverächter, er fraß gerne viel. Eine besonders schmackhafte Delikatesse würde ich besorgen, am besten Parmaschinken, und diesen Köder würde ich auslegen, versehen mit Rattengift. Eine Katze, die an Rattengift starb, wie grotesk.

Mit einem letzten verächtlichen Blick auf das verliebte Paar Bastet-Anubis trottete ich heim, gerade rechtzeitig, bevor Gisela Sonnenberger mit meinen geliebten Kinderchen vom Spaziergang zurückkam.

»Geht es dir wieder besser?«, fragte meine Herrin besorgt.

Ich wedelte kräftig mit dem Schwanz, und meine Freudenbekundungen wurden mit einem Hundebiskuit belohnt.

Zwei Tage später, die Kinder und Gisela Sonnenberger waren wieder beim Spaziergang, bot sich die Gelegenheit, die ich nutzen musste.

»Ein Rückfall? Morgen gehen wir zum Tierarzt, Bella«, sagte meine Herrin. »Ruh dich aus, ich mache heute eine extralange Runde, damit dich die Kleinen nicht nerven. Kommt, Bärli, Griseldis, Pluto Zwei.«

Wunderbar! Eine extralange Runde. Ich hatte also alle Zeit der Welt, dem Mörder mittels der Giftdelikatesse seine gerechte Strafe zu erteilen.

Auge um Auge, Zahn um Zahn, dachte ich, während ich in Richtung Fichtestraße trottete. Den Parmaschinken mit dem Rattengift, das ich in Gisela Sonnenbergers Keller gefunden hatte, trug ich, eingewickelt in Folie, unter meinem Halsband versteckt.

Ich bog um die Ecke und erstarrte wie schon vor zwei Tagen, als ich Anubis und Bastet zusammen gesehen hatte.

Bastet saß auf dem Trottoir und gab seltsame Töne von sich. Ich glaube, es waren die Töne, die Katzen von sich geben, wenn sie weinen. Ihr Bauch bebte. Ihr Fell war struppig und sie sah gar nicht mehr schön aus. Vor Bastet lag Anubis, und Anubis war tot.

Ein Autofahrer stieg aus einem Wagen, machte eine bedauernde Miene, rief etwas zu einer Frau hinüber. Es tue ihm leid, sagte der Mann, aber er habe den Kater zu spät gesehen. Er sei wie vom Teufel gejagt vor sein Auto gesprungen. Er habe gebremst, aber …

Die Frau, zu der der Autofahrer sprach, war Gisela Sonnenberger, die, wie angekündigt, »heute mal einen längeren Spaziergang machte«, der sie in die Fichtestraße führte. Ich sah, ohne von jemandem bemerkt zu werden, zu meinen Kindern hinüber, und dann, urplötzlich, wurde mir klar, warum Anubis wie vom Teufel gejagt über die Straße gerannt war.

Es war die Ähnlichkeit. Mein kleiner Junge, Pluto Zwei, der seinem ermordeten Vater so ähnlich war wie ein Ei dem anderen, er musste den Kater erschreckt, Panik in ihm ausgelöst haben. Vielleicht glaubte er, Plutos Geist sei zurückgekehrt, wollte ihn zur Rechenschaft ziehen.

Ich warf die Giftdelikatesse, die ich nun nicht mehr brauchte, mit einem gewissen Gefühl der Erleichterung in die nächste Mülltonne.

Die Vorsehung hatte mitgespielt, ich war nicht zur Rächerin geworden. Diese Rolle passte auch keineswegs zu mir, und doch war Pluto gerächt, ganz ohne mein Zutun.

Als ich im Eiltempo heimrannte, um vor meiner Herrin und den Kindern zuhause zu sein, ging mir ein Gedanke durch den Kopf: arme Bastet. Ihr armen ungeborenen Katzenkinder. Nein, zur Rache bin ich eigentlich nicht geboren. Ich bin eben ein richtiger Hund.

Nebel

Ach, ich konnte nie verstehen, weshalb die Menschen so ein Getue ums Wetter machen. Glück und Zufriedenheit können die meisten nur dann empfinden, wenn die Sonne scheint. Wenn es einmal regnet, fühlen sie sich persönlich beleidigt, und einige verfallen sogar in abgrundtiefe Traurigkeit, wenn die ersten Herbstnebel aus den Wiesen steigen und die Welt in einen Schleier hüllen.

Dabei ist es gerade der Nebel, der mir zu Freiheit und Freude verhalf, mir einst so freudlosem und unfreiem Hund. Schon mein Name, Nero, ist ein Hohn. Der Name eines verrückten römischen Kaisers, eines machtbesessenen, paranoiden, grausamen Despoten. Diesen meiner sanftmütigen Art keineswegs gerecht werdenden Namen verdanke ich ihm, meinem einstigen zweiten Besitzer, Eberhard Gramlich, der mich, der ich eigentlich von Haus aus ein friedlicher Hütehund war, zum mörderischen Jagdhund umerziehen wollte. Allein der Nebel sorgte dafür, dass Eberhard Gramlichs Experiment nicht nur gründlich misslang, sondern für den Umerzieher fatal endete.

Mit einer Wette hatte alles angefangen. Es ist etwa drei Jahre her. Gramlich saß inmitten seiner grünberockten Jagdkumpane im Wirtshaus *Zum flotten Waidmann* und ließ es sich gutgehen. Man aß und trank reichlich, und gegen Mitternacht kam einer der Grünberockten auf die glorreiche Idee, eine

Wette auszumachen: Wem es gelänge, aus einem x-beliebigen Hund einen Jagdhund zu machen, dem winke der stolze Preis des Wäldchens, das er soeben geerbt hatte.

Ein ganzes Stück Wald, welch Köder für einen passionierten Jägersmann, dennoch: Selbst die vom Bier benebelten Hirne der anwesenden Jagdkumpane funktionierten noch insoweit, dass alle von der Unmöglichkeit überzeugt waren, einen Hund dermaßen umzuerziehen.

Einzig Eberhard Gramlich schlug in die Wette ein, und es wurde beschlossen, dass innerhalb eines Jahres die Umerziehung stattfinden sollte.

»Der Hütehund meines Nachbarn«, verkündete Gramlich, »der soll das Versuchskarnickel sein.«

Und er schlug sich voller Vergnügen klatschend auf die Schenkel. Alle spendeten Beifall, jedoch waren dem Lachen Hohn und Spott beigemischt.

Eberhard Gramlichs Nachbar, der alte Eugen Kropp, war kein Unmensch, und nie hätte er mich hergegeben, wenn ihn nicht die Not dazu gezwungen hätte. So willigte er in den Handel ein, mich für ein Jahr dem Waidmann von nebenan zu überlassen. Gramlich zahlte eine stattliche Summe, welche Eugen Kropp bitter gebrauchen konnte. Betrübt und zögerlich verabschiedete sich mein Herrchen von mir. Er schämte sich, ich sah das an seinem gebückten Gang, als er der Tür zustrebte. Er schaute sich nicht um und schlich sich davon wie ein Verbrecher. Ich, der ich auf den sanften Namen Bobby hörte, wurde gnadenlos in Nero umgetauft.

Nun sollten schlimme Zeiten für mich anbrechen. Ich konnte zwar nicht über mangelnde Nahrung klagen, im Gegenteil. Diesbezüglich war der Handel für mich zum Vorteil. Aber Fressen ist nicht alles. Harmlose Tiere wie Hasen, Fasanen, Rebhühner, Rehe sollte ich jagen und apportieren.

Wenn ich nicht gehorchte, bekam ich Gramlichs Wut zu spüren. Es war ein Martyrium ohnegleichen. Ich versuchte, Gramlich zu überlisten, ich gab vor, der Beute zu folgen, doch ich schlug mich in die Büsche und ließ die Tiere entkommen.

Gramlichs Rache war fürchterlich. Er ließ mich einmal für drei Tage hungern und hoffte, dass ich dadurch gierig und grausam würde. Doch ich brach lediglich entkräftet zusammen, und er musste mich wohl oder übel wieder füttern. Mit einem verhungerten Hund ließ sich keine Wette gewinnen, das wusste er.

Einmal fand ich ein Reh, das schon tot war. Es war eines natürlichen Todes gestorben. Angewidert schleppte ich es zu Gramlich und legte es vor seine Füße.

Er lobte mich und sagte: »Na. Das geht doch. Du machst Fortschritte.«

An jenem Abend lag ich unter dem Tisch, an dem Gramlich saß und sein Vesper zu sich nahm. Ich schielte zu ihm hoch, er tätschelte mir den Kopf.

»Und morgen geht es auf Hasenjagd. Es wird deine Bewährungsprobe sein.«

Das Jahr war so schnell vergangen, ich hatte es kaum bemerkt, und morgen würde ich mich beweisen müssen. Ich mochte Hasen. Ich meinte, das Herz müsse mir stehenbleiben.

Als Gramlich zu Bett gegangen war, überlegte ich, was zu tun sei, um diesem grausamen Menschen zu entwischen oder seine Pläne zu vereiteln.

Da erblickte ich ein Buch, das auf dem Stuhl lag. Ich angelte mit der Pfote danach. Es fiel zu Boden, und zwar so, dass es etwa in der Mitte aufgeblättert war.

»*Die Geschichte vom wilden Jäger*«, las ich.

Das Buch hieß *Der Struwwelpeter*.

Die Bilder und Texte waren lustig. Sie handelten vom wilden

Jäger, der kurzsichtig war und sich in der prallen Sonne ausruhte und einschlief. Ein Hase kam, nahm ihm die Brille von der Nase, setzte sie sich selbst auf, und außerdem nahm er die Flinte des Schlafenden mit. Der Jäger wachte auf, der Hase verfolgte ihn mit der Flinte, der Jäger in seiner Not stürzte in den tiefen Brunnen. Ich lachte, als auch noch die Frau des Jägers, die am Fenster ihren Kaffee trank, die Tasse entzweigeschossen bekam und als der Kaffee dem Hasenkind, das unter dem Fenster des Forsthauses saß, auf die Nase lief.

Mitten im Lachen hielt ich inne. Und wenn? Natürlich. Auch Gramlich trug eine Brille, auch er war ohne diese Brille nahezu blind. Ich zwang mich zur Ruhe, ich schlief ein. Und das war gut so, denn am nächsten Tag würde ich meine ganze Kraft und Energie brauchen.

Eberhard Gramlich, voller Elan und mörderischem Tatendrang, war schon um sechs Uhr auf den Beinen und rüttelte mich wach.

»Auf, Nero, mein Bluthund«, schrie er. »Nun beweise mal, was du kannst. Heute ist Treibjagd, und alle warten schon darauf, deine Beute zu sehen. Und ich krieg mein Wäldchen.«

Er rieb sich die Hände voller Gier und Ungeduld in Vorfreude auf seinen Lohn.

Gramlich frühstückte ausgiebig und geizte auch bei mir nicht. Es gab einen Riesenknochen, er wollte mich ködern und mich, sein Versuchskaninchen – welch unpassender Ausdruck, wenn man bedenkt, dass ich Kaninchen jagen sollte – als williges Werkzeug gefügig machen.

Das Wetter war mir nicht hold, denn strahlender hätte ein Novembertag nicht sein können. Die Sonne ließ die Landschaft in einem fast unwirklichen Licht erstrahlen, und das schon so früh. Sie würde die grausige Mordszenerie beleuchten. Und Gramlich würde, dessen war ich sicher, seine Brille nicht brauchen an einem solch strahlend hellen Herbsttag wie aus dem Bilderbuch. Er würde seine Beute erspähen und zielsicher töten. Mein blutiges Werk würde den Rest besorgen. Er würde seine Wette gewinnen, der Herr über ein neues Stück Wald, in dem er sein grausiges Handwerk lustig weitertreiben konnte.

So gingen meine düsteren Gedanken, und mit gesenktem Kopf trottete ich neben meinem mordlüsternen Herrn her, der mit großen Schritten zum Wald, der Stätte seines bevorstehenden Triumphs, hineilte, den steilen Berg hoch und zum Jägersitz. Er erklomm die steile Hühnerleiter, die zu seinem Mordhaus führte, und pfiff dabei, gut gelaunt, wie ich ihn selten erlebt hatte.

Er setzte mechanisch seine Brille auf, nahm sie wieder ab, denn wie hätte er sie denn brauchen können? Die Landschaft war in allerhellstes Sonnenlicht getaucht.

Die Bäume funkelten in den schönsten Herbstfarben und würden jeden Maler vor Neid erblassen lassen. Die Wege schienen von Kupfer- und Goldmünzen übersät zu sein, als seien sie einem Riesen aus der Tasche gefallen. Blutrot schimmerten die Blätter der Buchen und des Ahorns. Gramlich ergriff sein Fernglas und spähte in die Ferne. Da vorne erblickte er die anderen Spießgesellen, die Wirtshauskumpane, die darauf warteten, dass ich meine Metamorphose vom Hütehund zum Bluthund vor ihren gierigen Augen unter Beweis stellen würde.

Gramlich schien seine Beute entdeckt zu haben, und schon spannte er das Gewehr.

»Nero, zeig, was du kannst«, schrie er zu mir hinunter. »Jag mir den dicken Hasen vor die Flinte, wie ich es dir beigebracht habe.«

Wehen Herzens setzte ich an, zu der Baumgruppe hinzueilen, hinter der auch ich schon lange, bevor Gramlich ihn wahrnahm, den armen Hasen, das unschuldige Mordopfer, gewittert hatte. Und da geschah das Wunder. Es kann nur ein Wunder gewesen sein, das die Sonne urplötzlich hinter einer dichten, weißen Nebelwand verschwinden ließ und einen golddurchwirkten Schleier in ein Leichentuch verwandelte.

Es war nicht nötig, wie ich mir nach der Lektüre der Struwwelpeter-Geschichte vom Wilden Jäger im Innersten vorgenommen hatte, den kühnen Jäger Eberhard Gramlich seiner Brille zu berauben, denn selbst mit Brille hätte er kaum die Beute treffen können, es sei denn, ich hätte sie ihm direkt unter die Nase getrieben. Ich hielt mitten im Wegrennen in Richtung Baumgruppe mit Häschen inne, und so wurde ich Zeuge einer Tat, die ich Ihnen, liebe Damen und Herren, hiermit beschreiben werde.

Die Spießgesellen Gramlichs, durch das urplötzliche Herabsenken des dichten Nebels überrascht und verunsichert, tappten mit unsicheren Schritten auf dem Waldboden umher, zwischen Farnen und Gestrüpp, Dornen und morschen Ästen. Einer von ihnen, der mir am nächsten stand und den ich kaum sehen, wohl aber erwittern konnte, lief rasch in Richtung Hochsitz, auf dem Eberhard Gramlich fluchend und »Nero, Nero, du verfluchter Bastard« rufend, mit der Flinte herumfuchtelte.

Den Mann in meiner Nähe hatte meine Nase blitzschnell als Kuno Eisenmann erkannt, den Herausforderer und Besitzer des Wäldchens, das nun das Seine bleiben würde, mit und ohne Nebel. Er wollte auf Nummer sicher gehen, und wie klug er war, dieser Jäger.

Mit dem Nebel als Komplizen würde die Tat als Unfall durchgehen.

Ich hatte die Wahrheit erraten. Es geschah, was geschehen musste. Ein Schuss knallte, ein Schrei ertönte von hoch oben vom Jägersitz, eine Masse Mensch stürzte ins Gras.

Blind tapsend kamen die Spießgesellen und Wirtshauskumpane herbeigelaufen, stießen im immer dichter werdenden Nebel gegeneinander, dann ein gellender Ruf:

»Das ist der Gramlich. Der ist mausetot.«

Danach vernahm man die Stimme von Kuno Eisenmann, der als letzter zur Unfallstelle, will sagen: Mordstelle geeilt kam.

Er tat, als komme er von weit her.

»Wer hat da geschossen?«, fragte er dreist und vorwurfsvoll.

»Ich«, stotterte Alfred Emig, ein schüchterner Mensch, der noch nie seine Beute getroffen hatte und deshalb – das wusste ich von Gramlichs Spötteleien – immer die Zielscheibe der Jägerwitze seiner Kumpane war.

»Da oben ... einen Habicht ... hab ich ... hab ich ... erspäht, habe angelegt, und dann ... da muss es passiert sein.«

»Mach dir keine Sorgen, Emig«, sagte Eisenmann, der große Beschützer und Freund. »Wir wissen alle, dass es ein Unfall war ... und jeder weiß, dass du nicht schießen kannst, dass du den Gramlich nicht erschießen wolltest, wenn du ...« und hier lachte er schallend, »wenn du ihn jetzt, ohne es zu wollen, auch erschossen hast. Volltreffer!«

Eisenmann machte eine Kunstpause und lachte fett: »Keiner wird dir einen Mord anhängen.«

Alle stimmten zu.

»Danke, danke«, stammelte Alfred Emig. »Danke, Kuno, mein Freund.«

»Ist schon gut, Emig«, entgegnete Eisenmann, der Mörder, gönnerhaft. Und er klopfte dem Schützen auf die Schulter.

Nur ich, der Hund, der die Wahrheit kannte, hörte den Zwischenton der Erleichterung in Eisenmanns Stimme. Erleichterung darüber, dass Emig zufällig zur gleichen Zeit geschossen haben musste, als er selbst den Todesschuss abgab.

Die Wirtshauskumpane und Spießgesellen trugen Gramlichs

sterbliche Hülle heim, ich jaulte jammervoll auf, aber nicht zu jammervoll, sonst hätte der Mörder mich vielleicht in Verdacht gehabt, ich könne ihn verraten. Es soll ja vorkommen, dass Hunde ihren Herren zu arg nachtrauerten. Meine Liebe zu Eberhard Gramlich hielt sich aber in Grenzen, warum sollte ich heucheln und mich dadurch unnötig in Gefahr begeben? Also weshalb überflüssige Trauerbekundungen an den Tag legen? Auch die Trauer von Eberhard Gramlichs Witwe Käthchen hielt sich in Grenzen, denn sie hatte zeitlebens unter seinen Gewaltausbrüchen, Tobsuchtsanfällen, besonders nach Saufgelagen und misslungenen Jagdabenteuern, zu leiden gehabt.

Nachdem drei bis vier Pflichttränchen vergossen und mit dem Taschentuch abgetupft worden waren, ging sie mit festen Schritten auf mich zu und sagte:»Und Nero darf doch bei mir bleiben, er kommt mir nicht zu dem alten Kropp zurück.«

Käthchen war mir die ganze Zeit über, während der ich von Gramlich als Zwangsversuchskarnickel ausgebildet wurde, der einzige Trost gewesen. Käthchen und das gute Fressen, das mir nun, da Gramlich ein bedauerliches, aber, gestatten Sie mir diese Bemerkung, wohlverdientes Ende gefunden hatte, erhalten blieb, und mehr als das: Zuneigung und Liebe. Fressen ist nicht alles. Und was gibt es Wichtigeres im Leben als die Liebe?

Übrigens, Käthchen nennt mich bei meinem früheren Namen: Bobby.

Luzifer, die Weihnachtskatze

Gestatten, mein Name ist Luzifer, und es geht mir gut. Ich lebe sozusagen wie die Made im Speck, denn mein Zuhause ist ein ländliches Pfarrhaus in der Südpfalz.

Auf dem Speicher, im Keller und im großen Garten finde ich reichlich Nahrung in Form von dicken Mäusen.

Doch die besten Leckerbissen werden mir zuteil, wenn die Gemeindeschäfchen des Pfarrers, zumeist reiche Bauern, bei ihren Schlachtfesten in Milchkannen Metzelsuppe mit aufgeplatzten Blutwürsten darin ins Pfarrhaus bringen, dazu schönes fettiges Wellfleisch und Schwartenmagen.

»Pfui«, rufen die beiden Pfarrerstöchter wie aus einem Munde, sobald die edlen Spender der nahrhaften Gaben das Haus verlassen haben.

»Pfui«, ruft auch die Pfarrfrau, die als einstige Metzgerstochter zur Vegetarierin geworden ist.

»Pfui«, ruft auch der Herr Pfarrer mit unschuldigem Augenaufschlag. »Fleischlichen Gelüsten bin ich nicht zugetan.«

Letztere Bemerkung wird von der hübschen Pfarrfrau jedoch stets mit einem kleinen Lächeln quittiert. Sie weiß es anders.

Zu höflich, den Gemeindeschäfchen die Aussicht auf ein besonders gemütliches Plätzchen im Jenseits zu vermiesen, verschwieg man die Tatsache, dass all diese fleischlichen und wurstigen Gaben für die Katz waren, und dies im wahrsten Sinne des Wortes.

Ich bekam nach diesen Schlachtfesten über viele Tage üppig gefüllte Schälchen vorgesetzt. Meinetwegen hätte dieses Wohlleben ewig dauern können, aber es sollte nicht sein. Doch davon später.

Sie müssen wissen, dass ich eigentlich kein Kater bin, wie der Name Luzifer vermuten ließe, sondern eine Katzendame. Der Pfarrer, ein für seine Zunft untypischerweise humorvoller Mensch, rief aus, als er mich streunendes, herrenloses und abgemagertes Etwas vor seiner Haustüre fand: »Ach, der ist ja struppig und schwarz wie der Teufel. Er soll Luzifer heißen.«

Die beiden Pfarrerstöchter, entzückt über den Familienzuwachs, lachten den Vater aus. Die Ältere sagte: »Typisch Papa. Keine Ahnung von Biologie. Das ist kein Kater, es fehlt doch das ...«

Sie kam ins Stottern. Die jüngere Schwester rief aus: »Es fehlt das gewisse Etwas.«

Ja, die beiden mussten es wissen, denn sie wuchsen auf dem Lande auf, ihre Freundinnen waren allesamt Bauerstöchter, und den Unterschied zwischen Männlein und Weiblein konnte man an den vielen Pferden, Rindern, Schweinen, Schafen, Ziegen, Hunden und Katzen studieren.

»Dann muss sie Luzie heißen«, schlug die Pfarrfrau vor, doch es sollte bei Luzifer bleiben.

»Das ruft sich besser als Luzie, wegen der drei Silben«, meinte die Jüngere der Töchter.

»Und passt zu unserer chaotischen Familie«, ergänzte die Ältere.

Dass Pfarrerskinder, ebenso wie Müllers Vieh, selten oder nie gedeihen, das ist eine alte Volksweisheit, und auch diese beiden Mädchen waren keine Muster an Tugend und Sittsamkeit. Sie erschreckten gerne die Leute, die zum nahen Kirchhof gingen, indem sie allerhand selbstgebasteltes Spukzeug zum Fenster runterließen, sie foppten den alten kurzsichtigen Kirchendiener und versteckten regelmäßig seine Holzschuhe, sie schlichen dem Dienstmädchen Erna nach, wenn es sich mit seinem Galan, dem schönen Theo, hinter der Friedhofsmauer oder am Funkhaus traf. Kurzum, sie waren die sprichwörtlichen Pfarrerstöchter: ein bisschen ungezogen und frech. Aber eines musste man ihnen lassen: Sie waren sehr tierlieb, und diese Tierliebe rettete mir letztendlich das Leben.

Sie kennen die Krimiautorin Agatha Christie? Sie haben von ihrem Krimi mit dem Titel *Mord im Pfarrhaus* gehört? Nicht nur im Pfarrhaus des englischen Dörfchen St. Mary Mead, in dem Agatha Christies Hobbydetektivin, die ältliche und strickende Jungfer Miss Marple wohnte, spielte sich ein Mord ab.

Auch mein Pfarrhaus nahe der elsässischen Grenze wäre in die Dorfchronik als Mordhaus oder als besser als Brutstätte für mörderische Taten eingegangen, wenn der Vorfall, von dem zu berichten sein wird, überhaupt als Mord entlarvt worden wäre.

Es gibt einen Spruch, der besagt: *Es kann der Beste nicht in Frieden leben, wenn es dem bösen Nachbarn nicht gefällt.*

Unter einem solch bösen Nachbarn, der dazu noch Kirchenältester war, ein Presbyter, hatten auch meine Besitzer zu leiden. Jeremias Stumpf, dem frommen Mann, waren der humorvolle, großzügige Pfarrer und seine Familie ein Dorn im Auge. Die Pfarrfrau mit ihrer Vorliebe zu ausgeschnittenen Dirndlkleidern war ihm zu jung und zu hübsch für die Frau eines Geistlichen, die Töchter viel zu frei erzogen.

Am meisten jedoch hasste er mich, die Pfarrhauskatze. Sein Hass auf Tiere, insbesondere auf Katzen, war sprichwörtlich. Man erzählte sich, diese Katzenphobie rühre von einem Erlebnis in der Kindheit her, als ihm jemand vom Heuschober aus eine Katze ins Genick warf, die ihm ihre Krallen tief in den Hals gegraben hatte.

Es war ihr nicht zu verdenken, der Ärmsten.

»Diesen Teufel werde ich Ihnen austreiben. Diesen Luzifer. Früher oder später«, drohte Jeremias Stumpf eines Tages, als der Pfarrer, stets auf Harmonie und Frieden bedacht, am nachbarlichen Hof vorbeiging und den Presbyter höflich grüßte.

Mehr als einmal musste ich Tritte hinnehmen, wenn ich dem Unmenschen Jeremias Stumpf versehentlich in die Quere kam. Warum gibt es unter den selbsternannten Frommen so viele Tierhasser? Statt uns Tiere als Teil der Schöpfung anzusehen, erheben sie sich über uns als die Krönung derselben.

Es war in der Adventszeit, genau genommen am vierten Advent 1959, also kurz vor Weihnachten, als Jeremias Stumpf mich, die ich mich auf der Jagd nach einer besonders üppigen Maus auf sein Gehöft verirrt hatte, in die Enge trieb und mit einem Hackenstiel auf mich einschlug. Er war gerade dabei, die Hacke umzudrehen und mir mit dem scharfen Metallteil den Garaus zu machen. In meiner Todesnot sprang ich dem Unhold ins Gesicht und zerkratzte ihn, so gut ich konnte. Mit einem Aufschrei ließ er die Hacke fallen, ich entwischte in den Pfarrhof und somit in Sicherheit.

»An Weihnachten bist du dran, du Satansvieh, du schwarzes, elendes«, fluchte mir Jeremias Stumpf hinterher. Es klang ganz so, als wolle er Wort halten.

Am nächsten Tag wurde der Weihnachtsbaum in der Kirche aufgestellt. Es war ein riesiger Baum, der fast bis unter die Decke der kleinen Kirche reichte.

Dieses Jahr hatte Jeremias Stumpf den Baum gestiftet, im Glauben, dies nütze seinem Seelenheil. Seine Frömmigkeit glich eher einem Kuhhandel, und mit materiellen Dingen schien er sich das ewige Leben erkaufen zu wollen. Er bestand auch darauf, den Baum eigenhändig mit Strohsternen zu schmücken, vom Boden bis zur Spitze.

Er war ein korpulenter älterer Mann, sehr vital, doch er war nicht ganz schwindelfrei. Dies hatte ich, die Katze Luzifer, einmal bemerkt, als er die Leiter hinaufkletterte bis oben aufs Dach, um beschädigte Ziegel auszutauschen. Er griff sich an den Kopf, Schweißperlen standen ihm auf der Stirn, das Gesicht war aschfahl, er wankte bedenklich. Diese Beobachtung, so unbedeutend sie mir damals erschienen war, kam mir in den Sinn, als Jeremias Stumpf zum Pfarrhaus gestapft kam und den Schlüssel zur Kirche verlangte.

»Ich schmücke jetzt den Baum«, sagte er kurz angebunden.

»Wie schön. Gottes Segen sei mit Ihnen, Herr Stumpf«, entgegnete der Pfarrer freundlich.

Der Presbyter brummelte etwas wie: »Und morgen wird mit Gottes Segen der Teufel bei Ihnen ausgetrieben. Der Luzifer.«

Der Pfarrer hielt das Ganze für einen Scherz und lachte gutmütig: »Aber Herr Nachbar, wer wird denn so grimmig sein. Und dann noch an Weihnachten. Passen Sie auf sich auf, wenn Sie den Baum schmücken.«

Es dunkelte schon, als Jeremias Stumpf über den gepflasterten Hof des Pfarrhauses zum schmalen Pfad hochstapfte, der zur Kirche führte. Ich unauffällig schleichend hinterher. Jeremias Stumpf bemerkte mich nicht, als ich an seinen Füßen vorbei ins Kircheninnere schlüpfte.

Die große Leiter war schon an den Baum gelehnt. Von der Hinterseite des Baumes kletterte ich geschmeidig und wendig fast bis zur Spitze hoch.

Hinter dichten Zweigen verborgen, konnte ich Stumpf beobachten, der unsicheren Schritts die Sprossen erklomm, sich dabei verkrampft an der Leiter festhielt und sich dicke Schweißperlen von der Stirn wischte. Angstschweiß. Wenn Katzen lachen könnten, hätte ich mir ins Pfötchen gelacht. Doch ich verhielt mich stumm hinter meinem sicheren Geäst. Ich hatte Geduld und alle Zeit der Welt.

Jeremias Stumpf war, seiner Höhenangst zum Trotz, schon weit oben angekommen, nur einen einzigen Strohstern hielt er noch in der Hand und die Christbaumspitze in der anderen. Er streckte die Hand nach dem Zweig aus, hinter dem ich lauerte, er war dabei, den Strohstern, der an einem Faden hing, zu befestigen, als ich fauchend und meine Krallen ausstreckend zwischen den Zweigen hervorschnellte. Jeremias Stumpfs Schrei war markerschütternd und kurz, als er nach hinten von der Leiter kippte und auf dem harten Steinboden vor dem Altar aufschlug. Die Christbaumspitze zersplitterte in tausend Stücke.

Ich vernahm helle Kinderstimmen aus dem Dunkel der Kirche, die mir bekannt vorkamen. Sie gehörten den beiden Töchtern des Pfarrers. Wieso waren sie hier?

»Er sagt noch was«, flüsterte die Jüngere der Töchter.

»Satan, schwarzes Teufelsvieh, Luzi…«, kam es röchelnd aus der Kehle des Mannes, der verrenkt auf den Fliesen der Kirche lag. Dann war es still.

Im Halbdämmer der schwach erleuchteten Kirche sah ich, wie vier Kinderaugen zu mir aufblickten. Ich hatte mich nicht von der Stelle gerührt und saß da oben in dem Zweig, den ein einsamer Strohstern schmückte. Die Ältere sah die Jüngere an, legte einen Finger auf den Mund. Die Kleine nickte verschwörerisch.

Jeremias Stumpf wurde ein ehrenvolles Begräbnis zuteil.

»Unseren Bruder hat ein Unfalltod ereilt, in allen Ehren und in Ausübung einer edlen Tat mit Gottes Segen«, sagte der Pfarrer. »Friede seiner Asche.«

Friedvoll ist es geworden in unserer Nachbarschaft.

»Luzifer, du mörderisches Teufelsvieh«, sagen die Kinder des Pfarrers ab und zu und streicheln mir das schwarze, seidige Katzenfell, und ich denke dabei: »Wieso mörderisch? Ein bisschen erschrecken wollte ich ihn doch nur. Wie konnte ich ahnen, dass er von der Leiter fallen würde? Einer Katze wäre das nie passiert.«

Olga, Oleg und die Vuvuzela

Lieben Sie Silvester? Ich hasse Silvester, denn es ist ein lautes und überflüssiges Fest. Nicht nur Sektkorken lassen die Menschen an Silvester knallen. Nein, Punkt zwölf Uhr nachts brennen sie ein Feuerwerk ab: Funken sprühen, Leuchtkugeln steigen in die Nacht, der Himmel erstrahlt hell und grell in allen Farben, bunte künstliche Sterne. Schwefelgestank überall. Und das Schlimmste an solch einem Feuerwerk: Es ist laut, überlaut, für uns Tiere ein Graus, und ich weiß, wovon ich rede.

Ich bin ein Hund, und für uns Hunde ist alles Lärmende eine Qual. Menschen können sich das nicht vorstellen. Hätten sie nur für fünf Minuten einmal unsere Hörfähigkeit, diese gesteigerte Sensibilität der Hörorgane, sie würden die Hersteller von Böllern, Raketen und jeder Art von Knallkörpern auf eine Insel verbannen.

Doch die Menschen, die im Vergleich zu uns nahezu taub sind, werden nichts dergleichen tun. Denn sie können unsere Pein, unsere Qualen nicht im Entferntesten nachvollziehen. Doch was rede ich da von Silvester!

Diese eine Nacht im Jahr könnte man ja verschmerzen, nicht aber die anderen Tage im Jahr, die der moderne Mensch zum Böllerschießen nutzt, zum Beispiel runde Geburtstage und Hochzeiten. Am schlimmsten aber ist für uns Tiere die Zeit der Fußball-WM oder EM. Da kommen zu den lästigen Böllerschüssen, als wären diese noch nicht schrecklich genug, diese fürchterlichen Tröten. Ich meine die Vuvuzelas.

Nun wird es aber höchste Zeit, dass ich mich Ihnen voll und ganz vorstelle.

Ich bin Oleg, ein ukrainischer Hund, und meine junge Besitzerin Olga hat mich von der Straße aufgelesen, als sie vor ein paar Wochen ihre Familie in Kiew besucht hat. Olga arbeitet als Verkäuferin in einer Boutique auf den Planken der Neckarstadt Mannheim. Sie hat sich meiner erbarmt, als ich halbtot und abgehetzt vorm Haus ihrer Eltern in der Innenstadt von Kiew zusammenbrach. Ich war mit knapper Not einem jener Todeskommandos entkommen. Sie bestanden aus Hundefängern, die dafür bezahlt wurden, dass sie die Straßen der Stadt von streunenden Hunden säuberten. Zur bevorstehenden Europameisterschaft in der Ukraine sollten überall die Städte »sauber« sein, vor allem frei von vierbeinigen Streunern. Es zerreißt mir das Herz, wenn ich daran denke, welch furchtbares Ende meine Freunde nahmen, die weniger Glück hatten als ich. Sie wurden nicht sanft eingeschläfert mittels einer Todesspritze, sondern auf grausamste Weise ermordet. Ich möchte Ihnen die schlimmen Details ersparen, denn die Haare würden Ihnen vor Entsetzen zu Berge stehen.

Olga schloss mich in die Arme, und zwei Tage später durfte ich mit ihr nach Deutschland reisen. Meistens nahm sie mich mit zur Arbeit in ihre Boutique, und die Kundinnen waren ganz vernarrt in mich. Sie streichelten mein Fell, das dank Olgas liebevoller Pflege wieder geschmeidig und hellbraun glänzend geworden war.

Ab und zu jedoch musste ich in Olgas Wohnung bleiben, bis sie heimkam. Eine nette Bekannte von Olga führte mich dann zweimal im nahe gelegenen Waldpark aus, und für mich war das in Ordnung. Nie zuvor war es mir in meinem fünfjährigen Leben so gut gegangen.

Dann, am 3. Mai 2012, also vor wenigen Wochen, zog ein älterer Mann in der Nachbarwohnung ein. Ein allein lebender Rentner. Sein Fernseher lief den ganzen Tag. Er musste große Langeweile haben, der neue Nachbar. Es waren Sportsendungen, die er von früh bis spät angeschaltet hatte. Nonstop und vor allem sehr laut. Meine armen Ohren litten Qualen, vor allem an den Tagen, an denen mich Olga nicht mit zur Arbeit nehmen konnte.

Ich verkroch mich dann unter den vielen Kissen, die das Sofa zierten.

Olga bemerkte zunächst nichts von dem Lärm, sie war ein Mensch und deshalb, wie ich schon sagte, wie alle ihre Artgenossen fast taub. Doch als eines Abends der Fernseher besonders laut eingestellt war und ich schmerzvoll aufjaulte, ging sie schnurstracks zur Nachbarwohnung und klingelte.

Hartmut Hoppe, der neue Nachbar, öffnete und fragte mit knurriger Stimme, was denn los sei. Als Olga ihn bat, den Fernseher leiser zu stellen, überschüttete er sie mit unflätigen Beschimpfungen und drohte: »Nun geht bald die EM los, da werden wir in der Ukraine und in Polen beweisen, dass Deutschland die Nummer eins ist in der Welt. Und dann wird es noch lauter als jetzt, da können Sie sich schon drauf freuen, Sie und Ihr verdammter Köter. Wenn ich erst auf dem Balkon meine Böller zünde und meine Vuvuzela ertönen lasse, um die vielen deutschen Tore zu feiern, die fallen werden ...«

Hoppe redete sich immer mehr in Rage und wurde ganz rot und kurzatmig.

»Jetzt hab ich mich so aufgeregt, und alles wegen einer Polin. Mein schwaches Herz! Sie sind doch Polin, so wie Sie reden?«

Olga blieb erstaunlich ruhig.

»Ich stamme aus der Ukraine. Doch bald habe ich die deutsche Staatsbürgerschaft«, entgegnete sie seelenruhig.

»Aus der Ukraine? Das ist ja noch schlimmer. Und das mit der deutschen Staatsbürgerschaft, das werden wir ja sehen. Noch haben Sie sie nicht.«

Hoppe japste auf, fasste sich ans Herz.

Dann rief er: »Das einzig Vernünftige, das die in der Ukraine gemacht haben, das war das Abmurksen der Straßenköter. Das müsste man bei uns auch einführen. Ihren haben die wohl dabei vergessen?«

Er lachte kurzatmig auf und bekam einen Hustenanfall. Es klang, als sei er am Ersticken. Olga ging voller Würde langsam in ihre Wohnung zurück, schloss sanft die Tür.

Die Tür der Nachbarwohnung fiel krachend ins Schloss. Ich hatte im Flur alles mitgehört: Böller. Ein Feuerwerk. Die Vuvuzela. Es durfte nicht sein. Und es kam tatsächlich anders, als Olga, als ich und vor allem als Hartmut Hoppe es erwartet hatte.

Das Schicksal griff ein, und zwar genau am Freitag, dem 22. Juni 2012, beim 3. Tor, das Klose im Spiel Deutschland gegen Griechenland in der 68. Minute schoss.

Özils Freistoß köpfte Klose zum 3. deutschen Treffer des Abends ins Netz, als von nebenan aus Hartmut Hoppes Wohnung zum ersten Mal das entsetzliche Tröten der Vuvuzela ertönte und dann jäh abbrach. Die beiden ersten Tore der Deutschen Mannschaft hatte er jeweils mit dem Anzünden von Krachern auf dem Balkon gefeiert. Ich war schon von Anfang des Spiels an unter einem Berg von Sofakissen verborgen. Olga, die so wenig wie ich ein Fußballfan war, noch weniger ein Fan von Lärm und Getöse, hatte sich die hellblauen Puschel-Ohrschützer aufgesetzt, die sie sonst gerne im Winter trug, wenn wir im Waldpark den Rhein entlangspazierten und unsere Runde drehten. Die Ohrschützer passten sehr schön zu ihrem blonden Pferdeschwanz.

Olga und ich warteten darauf, nun auch noch Böllerschüsse zu vernehmen, aber es geschah nichts. Entweder hatte der Nachbar nicht genug Munition gekauft, oder das Tönen der Vuvuzela erschien ihm ausreichend als Triumphfanfare für das dritte Tor der Deutschen. Als in der 74. Minute Reus sein Traumtor schoss, das 4. für die Nationalelf, presste Olga vorsorglich fester ihre Ohrschützer an die Ohren, mir gab sie ein Tröster-Leckerli, um mich abzulenken von dem Lärm, der nun zu erwarten war. Ich verkroch mich, an meinem Leckerli nagend, noch tiefer in meine Kissengruft, doch nichts geschah.

Der Fernseher lief zwar in vollster Lautstärke, und trotz der Ohrenschützer und der Kissen bekamen Olga und ich den Spielverlauf weiterhin detailliert mit, ob wir wollten oder nicht. Aber kein Siegesgeheul war zu vernehmen. Kein einziger Böller krachte. Keine Vuvuzela ertönte.

Zuerst schaute Olga verwundert drein, dann kam sie zu mir hinüber und streichelte mir gedankenverloren das Fell. Sie ging langsam zur Tür, legte die Hand auf die Klinke, zögerte, besann sich eines Besseren, kam langsam wieder zurück.

Sie setzte sich neben mich aufs Sofa, streifte die Ohrenschützer ab, stützte den Kopf in die Hände, überlegte wieder lange. Sie stand auf, ging zum Telefon, doch nach einer Weile ließ sie den Hörer sinken. Der Fernseher aus der Nachbarwohnung tönte laut, Schlusspfiff. Das Spiel war aus, Deutschland hatte 4:2 gewonnen.

Kein Triumphgeschrei, keine Böller, kein Vuvuzela-Tuten von nebenan.

Der Fernseher lief die ganze Nacht über auf vollen Touren.

Einmal noch war Olga ans Telefon gegangen, jedoch bald darauf entschlossenen Schritts zurückgekommen. Sie ging zu Bett, ich durfte im Hundekorb neben ihr auf dem Teppich schlafen. Sie tat die ganze Nacht kein Auge zu, und das nicht nur wegen des lauten Fernsehers, den niemand abschaltete. Als Olga am nächsten Abend von der Arbeit heimkam, war Hoppe schon abtransportiert worden. Einem Nachbarn war aufgefallen, dass Hartmut Hoppe nicht wie jeden Tag zum Kiosk rübergegangen war, um sich die Blödzeitung zu holen, und er hatte die Polizei alarmiert. Die Vuvuzela, so raunten die Hausbewohner, habe den Mann getötet. Oder die Freude über den Sieg der Deutschen. Oder beides zusammen. Er musste es wohl ein bisschen übertrieben haben mit den Freudenkundgebungen, zumal, wie der Arzt feststellte, der Mann ein schwaches Herz gehabt habe.

Seit drei Wochen haben wir einen neuen Nachbarn. Er heißt Kevin, ist jung und gutaussehend und er hat keinen Fernseher. Über die Ukraine und über Hunde hat er noch keine einzige abfällige Bemerkung gemacht. Ich fand Kevin zuerst ganz nett.

Er ist in Olga verliebt. Und auch Olga hat Feuer gefangen, wie es aussieht.

Seit gestern sind sie per du.

Als er Olga und mich heute Mittag auf unserem Spaziergang in den Waldpark begleitete, erzählte er uns, dass er ab und zu gerne ins Fußballstadion gehe, am liebsten in Begleitung.

Und dann sagte er in seinem Mannheim-Lindenhofer Dialekt, indem er Olga ein längliches Päckchen überreichte, das mit roten Herzen bedruckt war: »Guck emol, Olga, was isch do fer disch hab!«

Olga packte voller Erwartung das Geschenk aus.

Es war eine Vuvuzela.

Die Hundeprinzessin

An den Kurfürsten Karl Ludwig

November 1659
Den Haag

Herzliebster Papa, ich glaube, Ihro Gnaden werden von ma tante schon vernommen haben, daß wir gesund sein hier vor acht Tagen angekommen.
Ihre Majestät die Königin ist mir gar gnädig, hat mir auch schon ein Hundchen geschenket; morgen werd ich einen Sprachmeister bekommen, der Tanzmeister ist schon zweimal bei mir gewesen (...) werde ich also gar geschickt werden und hoffe ich, wenn ich die Gnade wieder haben werde, Papa die Hände zu küssen, sollen Ihro Gnaden finden, daß ich fleißig gelernet habe (...) Itzunder soll ich mit ma Tante bei die Prinzeß von Oranien gehen, muß deswegen endigen und küsse hiemit Ihro Gnaden gehorsamlich die Hände mit demütiger Bitte, mein lieber Papa wolle mich in seiner Gnade erhalten und glauben, daß Liselotte allzeit wird bleiben mit schuldigem Respekt meines allerliebsten Papas ganz gehorsamst untertänigste Tochter und Dienerin
Elisabeth Charlotte.

Gestattet, lieber Leser, dass ich mich Euch vorstelle.

Ich bin Fidèle, und ich bin ein King Charles-Spaniel mit Lockenohren und treuem Blick. Treu bin ich, darum hat mich auch meine Herrin Fidèle genannt.

Ich bin eben der Spaniel, von dem obiger Brief berichtet, den ich Euch werde erklären müssen. Er wurde von meiner Herrin Elisabeth Charlotte geschrieben, der Prinzessin Liselotte von der Pfalz. Sie schrieb diesen Brief vor zwölf Jahren, als siebenjähriges Mädchen, an ihren Vater, den Kurfürsten von der Pfalz. Sie war damals im Haag, wo sie mit ihrer Tante Sophie bei ihrer Großmutter, der ehemaligen Böhmenkönigin, den Winter verbrachte. Ich, das Hundchen, war das Geschenk der königlichen Großmutter für die kleine Enkelin, und ich war der Liebling der Prinzessin, der liebste Spielgefährte, und beinahe wäre Liselottes Schicksal dank meiner Intervention ganz anders verlaufen.

Ich wuchs mit Liselotte zusammen hier, im Heidelberger Schloss, auf.

Gleich nach dem Besuch Liselottes bei ihrer Großmutter, der Winterkönigin, reisten wir jedoch nicht sofort nach Heidelberg zurück. Liselottes Tante Sophie nahm uns beide mit nach Hannover, wo es sich gut leben ließ. Meine Prinzessin und ich waren sehr glücklich am Hofe zu Hannover, man aß oft und gern und üppig, mein Platz unter Liselottes Tisch lohnte sich. Es gab viel zu nagen und zu knabbern. Meine Herrin kutschierte wild mit ihrem Wägelchen durch die Alleen und Parks von Schloss Herrenhausen. Und ich werde nie vergessen, wie Liselotte, die ihrer Tante Sophie gegenüber sonst immer gehorsam war, sich weigerte, mich, den treuen Hund Fidèle, einzutauschen gegen zwei Papageien. Zwei Papageien, man stelle sich das mal vor, sollten mich ersetzen. Aber Liselotte widersprach, und diese Weigerung festigte meine Treue zu meiner

Herrin noch mehr, wenn das überhaupt möglich war. Ich war entschlossen, meine Herrin zu verteidigen, solange ich lebte. Mit Klauen und Zähnen, wenn es nötig war.

Dann endete die Zeit in Hannover, Liselotte war nun elf Jahre alt, und wir zogen ins Heidelberger Schloss ein. Wir tollten durch die Räume des Schlosses, sprangen über die Gräben, wenn die Hofmeisterin Liselottes, die Jungfer Ursula Kolb von Wartenberg, ihr Schläfchen hielt, und wir spielten den Leuten Streiche, sofern das strenge Protokoll bei Hofe es zuließ. Liselotte war ein richtiger Wirbelwind, nie wurde es langweilig.

Zur Kirschenzeit schlich ich mit meiner kleinen Herrin aus dem Schloss, sie stopfte sich mit Kirschen voll, und im Herbst am Schriesheimer Hang aß Liselotte einmal so viele Trauben, dass sie nicht mehr laufen konnte. Meine Prinzessin hatte Geschwister und viele Halbgeschwister, denn ihr Vater hatte sich von Liselottes Mutter getrennt und Luise von Degenfeld geheiratet, eine Schönheit, die Kind um Kind gebar.

Auch im Schwetzinger Schloss waren wir dann und wann, und im Ketscher Wald, wo es die schönsten Erdbeeren gab, war das Herumtollen besonders schön. Ganz besonderen Spaß machte es mir, wenn meine Herrin mit ihren vielen Geschwistern Theaterstücke aufführte und ich dabei mitspielen durfte. Einmal durfte ich einen Löwen spielen, das war meine bedeutendste Rolle, und damals merkte ich schon, dass ich Kräfte und Fähigkeiten besaß, die ich mir selbst nicht zugetraut hätte. In meiner Rolle als Löwe merkte ich, dass ich gerne die Zähne fletschte und dass, wenn man mich reizte, geradezu mörderische Instinkte in mir steckten.

Der Kurfürst Karl Ludwig, der »herzallerliebste Papa«, wurde nach und nach mein größter Feind. Er merkte nicht, wie ich, das unscheinbare Hündchen Fidèle, über meine Herrin wachte. Im Grunde war er kein böser Mensch, aber ich witterte, mit dem Instinkt, der unserer Gattung eigen ist, die Gefahr. Liselotte wuchs nun zu einem jungen Mädchen heran, und ich merkte, wie ihr Vater sie loswerden wollte. Er wollte sie mit einem möglichst reichen Ehemann verheiraten.

Eines Abends lag ich, verborgen durch einen der schweren dunkelroten Samtvorhänge, in einer Nische des Speisesaals. Die Hofschranzen waren in ihre Gemächer verschwunden, die Kinder waren von der Hofmeisterin und dem Erzieher zu Bett geschickt worden, der Kurfürst und seine Frau waren allein bei Tisch und tranken ein Gläschen Schriesheimer Wein.

Da begann der Kurfürst, von einer guten Partie zu sprechen. »Der Bruder des Franzosenkönigs Ludwig XIV., der ist nun frei, hat mir ein Kurier aus Versailles berichtet. Philippe d'Orléans hat allerdings nicht den besten Ruf. Seine Frau Henriette-Anne ist kürzlich verstorben. Er trägt, wie man sagt, keine Trauerkleidung mehr. Er soll sie gehasst haben, die schöne Tochter von Charles I.«

Der Kurfürst Karl Ludwig senkte seine Stimme zu einem Flüstern. Luise, die Raugräfin, musste ihn ermahnen: »Ich kann nichts verstehen von dem, was Ihr mir sagt, mein Gemahl.«

Selbst ich, das Hündchen hinter dem Vorhang, musste mich anstrengen, damit ich verstehen konnte, wovon der Kurfürst nun sprach.

Er erhob seine Stimme ein wenig: »Es wird hinter vorgehaltener Hand gemunkelt, liebste Gemahlin, dass Philippe ... nun denn ... liebste Luise ... eingeweiht war in gewisse Manipulationen, die mit dem Tod seiner Frau zu tun haben.« Er holte tief Luft und fuhr fort: »Der Chevalier de Lorraine, sein Vertrauter, sein Günstling ... wie soll ich sagen ...«

»Ich weiß, mein Gemahl, es ist ein offenes Geheimnis. Der Chevalier de Lorraine ist der Liebhaber von Philippe d'Orléans. Einer von mehreren.«

Der Kurfürst schien betroffen zu sein über die Offenheit seiner Gattin Luise, der sanften und schüchternen Schönheit.

»Nun denn. Ja. So ist es. Dieser Chevalier also wurde aus Versailles verbannt und ging ins italienische Exil. Schuld an seiner Verbannung war Henriette-Anne, die erste Gemahlin von Philippe. Sie erreichte, dass der Sonnenkönig die Verbannung aussprach über den Chevalier, der ihren Mann aufhetzte und intrigierte, wo er nur konnte.«

»Doch wie gelang es dem Chevalier de Lorraine, der doch in Italien weilte, Henriette-Anne Gift zu verabreichen?«

»Durch einen Mittelsmann, den Marquis d'Effiat, sagt man, ebenfalls ein Günstling Philippes. Beweise gibt es nicht, doch man spricht von einer Tasse, aus der Henriette-Anne den Tee trank. Den tödlichen Tee, wie man sagt.«

Die Raugräfin schlug entsetzt die Hände vors Gesicht.

»Giftmord also.«

»Ja, und nun ist Philippe frei, und Liselotte ...«

Er brach ab.

»Philippe d'Orléans wäre eine gute Partie. Der Bruder des Sonnenkönigs. Und eine Garantie für friedliche Zeiten für unsere Pfalz.«

»Aber, bedenkt, mein Gemahl, Liselotte kann doch nicht ...«

Luise von Degenfeld wollte einen Einwand vorbringen, doch der Kurfürst winkte ab.

»Dies bleibt unter uns. Morgen mehr darüber. Lasst uns zu Bette gehen.«

Und er umschlang sie, begierig.

Ich schlich leise und unbemerkt aus dem Saal. Zum ersten Mal merkte ich mein Alter. Ich war ein alter Hund geworden, aber ich war ein treuer Hund, und die Treue eines Hundes ist stärker als alle Gebrechen. Also das war es, was er vorhatte, der herzallerliebste Herr Papa. Er zögerte nicht, seine Tochter zu verkuppeln. Schmählich zu verraten und zu verkaufen an einen Wüstling, schlimmer noch: An einen, der ein Mordkomplott, wenn nicht selbst geschmiedet, so doch es gebilligt hatte. Henriette-Anne war vermutlich vergiftet worden. Und Liselotte, meine liebe Herrin, sollte die baldige Nachfolgerin von Henriette-Anne werden. Perfide war dieser Kurfürst. Liselotte hatte Recht gehabt. Hatte sie nicht vor wenigen Tagen einer Freundin in einem Brief geklagt:

Papa hat mich auf dem Hals, ist wohl bang, ich möchte ein alt Jüngferchen werden.

Ich musste es verhindern, dass wir Heidelberg verlassen mussten und nach Versailles geschickt würden. Meine Wut auf diesen verräterischen Vater, den Kurfürsten, steigerte sich von Tag zu Tag und ließ in mir einen Plan reifen.

Die Jagd, des Kurfürsten Steckenpferd, sein liebster Zeitvertreib, war mir schon immer ein Dorn im Auge gewesen. Ich verachtete die Jagdhunde bei Hofe, und hätte meine Herrin mich nicht hie und da beschützt, wäre ich vielleicht schon den grausamen Bestien zum Opfer gefallen, welche die adlige Gesellschaft zu dem zweifelhaften Zeitvertreib des Jagens begleiteten.

Der Kurfürst besaß einen Lieblingshund, den er Arras nannte. Dieser nun war zwar ein guter Jagdhund, aber außer auf die Kunst des Apportierens verstand er sich auf nichts. Er war dumm.

Und nun wollte es der Zufall, dass ich einige Tage nach meinem Belauschen des Gesprächs zwischen den kurfürstlichen Ehegatten hörte, wie der Kurfürst zu seinem Liebling Arras scherzend sagte: »Einen Extraknochen, lieber Arras, sollst du bekommen, bringst du mir einen schönen Krammetsvogel herbei oder gar deren zwei. Der Knochen für dich, der Krammetsvogel für mich allein, als Vorspeise.«

Ein Krammetsvogel! Beim Durchstreifen der Wälder mit

meiner Herrin Liselotte hatte ich eine Stelle entdeckt, an der Wacholderbüsche am Waldrand wuchsen, eine Brutstätte für die Wacholderdrossel, auch Krammetsvogel genannt.

Ich wusste, wo der Koch das Gift für die unliebsamen Besucher der Küche aufbewahrte: Ratten, Mäuse, allerhand Ungeziefer. Was für diese Plagegeister gut war, sollte auch für die Drossel genügen.

Und nicht nur für die Drossel.

Die Wacholderbüsche wuchsen unweit des Schlosses am Berghang Richtung Rohrbach. Mit einer guten Portion des Gifts versehen, machte ich mich nach Anbruch der Dunkelheit auf den Weg zu der lauschigen Stelle am Waldrand.

Die Vögel schliefen schon. Das Frühstück für den nächsten Morgen war ausgelegt, und ich musste warten.

Am nächsten Morgen eilte ich während des Musikunterrichts meiner Herrin zu den Wacholderbüschen. Da lagen mehrere Krammetsvögel tot im Gras. Ich packte zwei Vögel bei den Flügeln, mehr als zwei konnte ich nicht tragen. Vorsichtig ging ich zu Werk, um nichts von der giftigen Gabe abzubekommen, und ich legte die Beute da ab, wo Arras ein bevorzugtes Hundelager bewohnte, ganz nah vor des Kurfürsten Arbeitsgemach. Arras war gerade damit beschäftigt, eine große Wurst zu fressen, und so konnte alles unbemerkt geschehen.

Ich beobachtete die Szene, hinter einem blau-goldenen Brokatvorhang mit Riesentroddeln versteckt. Der Dumme verzehrte seine Wurst und erblickte auf einmal die beiden Vögel. Er stürzte sich auf die Beute und schnappte danach, trug die Vögel zum Gemach seines Herrn und kratzte an der Tür.

Ich, verborgen im sicheren Versteck, hörte die Begeisterungsrufe des Kurfürsten. »Gleich zwei Krammetsvögel. Ein braver Hund bist du. Tüchtig, Arras!«

Der Kurfürst ließ sofort den Koch, einen rundlichen Mann

namens Ambrosius, herbeirufen und trug ihm auf, die Vögel für ihn allein zu bereiten, sozusagen als zweites Frühstück. Der Koch machte Kratzfüße und eilte in die Küche, gefolgt von Arras, der den versprochenen Lohn bekommen sollte. Hinter einer Mauer des Schlosshofes verborgen, beobachtete ich Arras, der schleppenden Schritts seinen Knochen oben am Brunnen ablegte. Statt sich gierig auf seine Belohnung zu stürzen, erbrach er jedoch plötzlich grüne Masse, jaulte kurz auf und verschied, ohne dass es jemand merkte außer mir. Er, der törichte Jagdhund, hatte die Vögel zu stark mit den Zähnen gepackt und dabei eine gute Portion des Gifts erwischt.

Nun würde auch bald den Kurfürsten, den herzlieben Papa meiner Herrin Liselotte, das gleiche Schicksal ereilen. Ein Diener kam aus der Küche und trug auf einem silbernen Tablett die beiden knusprig gebratenen Vögel. Hinter meinem Lieblingsversteck, dem schweren Vorhang aus dunkelrotem Samt, spitzte ich vorsichtig zum Tisch hin, wo der Kurfürst in freudiger Erwartung sich zum Teller herabbeugte.

Er war im Begriff, den ersten Bissen zu nehmen, als ein Diener aus der Küche geeilt kam und rief:»Nein, edler Herr, esst das nicht. Die Vögel sind vergiftet. Eben ist Ambrosius, der Koch, verstorben.«

Ach, ich hatte nicht daran gedacht, dass die Köche ab und zu ein wenig kosten von den Speisen, bevor sie diese den edlen Herrschaften vorsetzen. Der Koch Ambrosius tat mir leid, er hatte mir öfter extra Leckerbissen zugeschoben.

Mehr noch bedauerte ich meine Herrin Liselotte, deren Schicksal nun besiegelt war. Es war unausweichlich, dass man sie fortschaffen würde nach Frankreich, an den Hof von Versailles. Wie gerne hätte ich, das Hündchen Fidèle, in den Verlauf der Historie eingegriffen. Es sollte nicht sein, aber ich hatte es wenigstens versucht.

Was ich Euch, lieber Leser, hier erzählt habe, wird in keinem Geschichtsbuch stehen.

Nur wir beide, Ihr und das treue Hündchen der Liselotte von der Pfalz, kennen das Geheimnis um die vergifteten Krammetsvögel, den Kurfürsten und den toten Koch Ambrosius.

Lilo Beil

 Lilo Beil wurde im südpfälzischen Klingenmünster geboren. Die Pfarrerstochter verbrachte Kindheit und Jugend in Dielkirchen bei Rockenhausen und in Winden bei Landau. Ab 1966 studierte sie in Heidelberg Romanistik und Anglistik. Sie unterrichtete von 1972 bis Januar 2008 an der Martin-Luther-Schule in Rimbach bei Heppenheim an der Bergstraße. Die Autorin hat drei erwachsene Töchter und lebt mit Mann und Hund im vorderen Odenwald.

Seit frühester Jugend interessierte sich Lilo Beil für Literatur und Kunst. Ihr liegt, sagt sie, das Satirische, aber es finden sich in ihren Geschichten genauso romantische und nostalgische Elemente, Spannungsmomente und die kritische Auseinandersetzung mit Geschichte und Gesellschaft. Gelobt wird außerdem immer wieder die klare, sorgfältige Sprache.

1997 erschien »Maikäfersommer – Eine Pfälzer Kindheit in den 50er Jahren« im Verlag Pfälzer Kunst/Dr. Blinn. Weitere Erfolge wie die Aufnahme ihrer Kurzgeschichte »Der Nussknacker« in eine Anthologie des Rowohlt-Verlages ermutigten Lilo Beil. 1999 veröffentlichte sie unter dem Titel »Sonnenblumenreise« Geschichten für Reisende und Nichtreisende; 2002 folgte der Krimiband »Heute kein Spaziergang. 43 Krimigeschichten«. 2005 erschien ihre Geschichtensammlung »Schattenzeit«. 2006 folgte eine zweite Ausgabe »Maikäfersommer und andere Geschichten aus Pfalz und Kurpfalz« in der Edition Tintenfaß. 2010 erschien die erweiterte Taschenbuchausgabe »Maikäfersommer – Kindheitsgeschichten« im Conte Verlag. Kommissar Gontard ermittelte erstmals 2007 in »Gottes Mühlen«, 2008 und 2009 folgten »Das Licht unterm Scheffel« und »Die schlafenden Hunde«, 2011 »Die Nacht der grauen Katzen«, 2012 »Die Mauern des Schweigens«. 2010 erschien der Non-Gontard »Die Kinder im Brunnen« und 2013 »Mord auf vier Pfoten – 22 tierische Krimigeschichten«. Im Übrigen beteiligt sich Lilo Beil an zahlreichen Anthologien mit Kurzprosa – Krimis und Nicht-Krimis gleichermaßen. So ist sie in mittlerweile zehn Anthologien des Wellhöfer Verlages vertreten.

Lilo Beil
Gottes Mühlen
Kommissar Gontards erster Fall

184 Seiten
ISBN 978-3-936950-49-6
9,90 €

»*Kein schonungsloser Nerven-
kitzel, sondern intelligente
Spannung, die zum Nachden-
ken anregt, weit über Ort und
Zeit hinweg.*«
Bonner General-Anzeiger

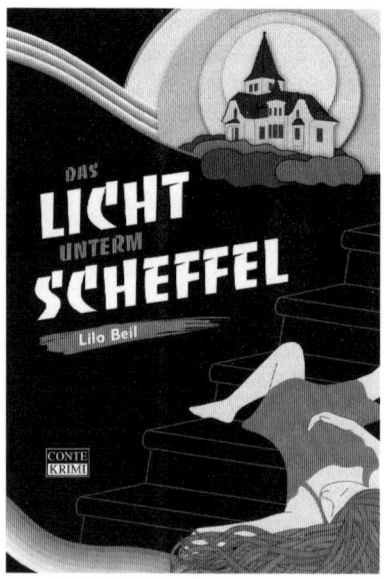

Lilo Beil
Das Licht unterm Scheffel
Kommissar Gontards zweiter Fall

178 Seiten
ISBN 978-3-936950-72-4
9,90 €

»*Intelligenter Krimi mit
außergewöhnlicher Handlung*«
Odenwälder Zeitung

Lilo Beil
Die schlafenden Hunde
Kommissar Gontards dritter Fall

194 Seiten
ISBN 978-3-936950-87-8
9,90 €

Ein Kriminalroman, den man schon nach den ersten Zeilen nur noch schwer aus der Hand legen kann.
Weinheimer Nachrichten /
Odenwälder Zeitung

Lilo Beil
Die Nacht der grauen Katzen
Kommissar Gontards vierter Fall

202 Seiten
ISBN 978-3-941657-28-1
11,90 €

Die Autorin wagt, was viele umgehen oder verharmlosen: die direkte Auseinandersetzung mit den Täterinnen und Tätern der Nazizeit.
Neue Wetzlarer Zeitung

Lilo Beil
Die Mauern
des Schweigens

Kommissar Gontards fünfter Fall

210 Seiten
ISBN 978-3-941657-60-1
11,90 €

*» Trotz des hohen Unterhal-
tungswerts steht die Botschaft
des Buches deutlich im Raum.
Geschieht Unrecht, gilt es, ›Die
Mauern des Schweigens‹ zu
durchbrechen.«* Die Rheinpfalz

Lilo Beil
Die Kinder
im Brunnen

204 Seiten
ISBN 978-3-941657-10-6
11,90 €

*Dieser packende und bis zum
Schluss spannende Krimi geht
unter die Haut.*
Marburger Neue Zeitung

Lilo Beil
Das gläserne Glück

252 Seiten
ISBN 978-3-95602-012-4
11,90 €

Lilo Beil
Maikäfersommer

128 Seiten
ISBN 978-3-941657-23-6
9,90 €

*»Ein Lesevergnügen –
auch für Sommer ohne Mai-
käfer.«* Rheinpfalz

Die Krimireihe des Conte Verlages

Jean Amila *Mond über Omaha*
Reihe Amila 1, 214 Seiten, ISBN 978-3-936950-33-5, 10,00 €

Jean Amila *Mitleid mit den Ratten*
Reihe Amila 2, 212 Seiten, ISBN 978-3-936950-43-4, 10,00 €

Jean Amila *Bis nichts mehr geht*
Reihe Amila 3, 220 Seiten, ISBN 978-3-936950-53-3, 10,00 €

Jean Amila *Motus!*
Reihe Amila 4, 180 Seiten, ISBN 978-3-936950-79-3, 10,00 €

Jean Amila *Die Abreibung*
Reihe Amila 5, 190 Seiten, ISBN 978-3-936950-96-0, 10,00 €

Jean Amila *Auf Godot wartet keiner*
Reihe Amila 6, 200 Seiten, ISBN 978-3-941657-11-3, 10,00 €

Gunter Gerlach *Frauen von Brücken werfen*
Händels Münchner Fall
184 Seiten, ISBN 978-3-941657-62-5, 11,90 €

Gunter Gerlach *Mohnblumen wie Blutflecke*
Händel in Stein
184 Seiten, ISBN 978-3-941657-99-1, 11,90 €

Andrea Habeney *Arsen und Apfelwein*
304 Seiten, ISBN 978-3-941657-93-9, 11,90 €

Andrea Habeney *Verschollen in Mainhattan*
230 Seiten, ISBN 978-3-95602-018-6, 11,90 €

Stefan Hüfner *Der Tote von Dresden*
184 Seiten, ISBN 978-3-936950-13-7, 9,90 €

Peter J. Kraus *Joint Adventure*
228 Seiten, ISBN 978-3-941657-16-8, 12,90 €

Die Krimireihe des Conte Verlages

Peter J. Kraus *Cattolini erbt*
232 Seiten, ISBN 978-3-941657-65-6, 13,90 €

Gaston Leroux *Die Hölle an der Ruhr*
Rouletabille bei Krupp
180 Seiten, ISBN 978-3-941657-21-2, 11,90 €

Jens Luckwaldt *Puder und Blei*
218 Seiten, ISBN 978-3-941657-26-7, 12,90 €

Barbara Mansion *Mörderische Wallfahrt*
204 Seiten, ISBN 978-3-936950-59-5, 9,90 €

Barbara Mansion *Das Geheimnis der Burgkapelle*
198 Seiten, ISBN 978-3-941657-09-0, 12,90 €

Kerstin Rech *Schenselo*
188 Seiten, ISBN 978-3-936950-60-1, 9,90 €

Kerstin Rech *Hotel Excelsior*
232 Seiten, ISBN 978-3-936950-77-9, 11,90 €

Carolin Römer *Die irische Meerjungfrau*
Ein Fin O'Malley Krimi
306 Seiten, ISBN 978-3-941657-25-0, 13,90 €

Carolin Römer *Greed Castle*
Ein Fin O'Malley Krimi
294 Seiten, ISBN 978-3-941657-86-1, 13,90 €

Guido Rohm *Untat*
140 Seiten, ISBN 978-3-941657-78-6, 10,90 €

Dieter Paul Rudolph *Arme Leute*
210 Seiten, ISBN 978-3-941657-06-9, 12,90 €

Dieter Paul Rudolph *Pixity*
Stadt der Unsichtbaren
292 Seiten, ISBN 978-3-941657-29-8, 13,90 €

Dieter Paul Rudolph *Der Bote*
Ein Science-Fiction-Krimi
176 Seiten, ISBN 978-3-941657-61-8, 11,90 €

Elke Schwab *Kullmanns letzter Fall*
270 Seiten, ISBN 978-3-936950-71-7, 11,90 €

Elke Schwab *Tod am Litermont*
278 Seiten, ISBN 978-3-936950-74-8, 12,90 €

Elke Schwab *Hetzjagd am Grünen See*
302 Seiten, ISBN 978-3-936950-95-3, 12,90 €

Elke Schwab *Das Skelett vom Bliesgau*
282 Seiten, ISBN 978-3-941657-14-4, 12,90 €

Elke Schwab *Galgentod auf der Teufelsburg*
330 Seiten, ISBN 978-3-941657-39-7, 12,90 €

Elke Schwab *Blutige Seilfahrt im Warndt*
320 Seiten, ISBN 978-3-941657-66-3, 13,90 €

JuttaStina Strauss *Koks und Kosakenkaffee*
Guzzos erster Fall
286 Seiten, ISBN 978-3-936950-54-0, 13,90 €

JuttaStina Strauss *Mis en Vosges*
Guzzo in Lothringen
290 Seiten, ISBN 978-3-936950-80-9, 13,90 €

Markus Walther (Hrsg.) *Letzte Grüße von der Saar*
Krimi-Anthologie, 244 Seiten, ISBN 978-3-936950-68-7, 12,90 €

Lisa Huth, Karin Mayer (Hrsg.) *Mord vor Ort*
Das Krimibuch zum Treffpunkt Ü-Wagen
230 Seiten, ISBN 978-3-941657-02-1, 12,90 €

Lisa Huth, Karin Mayer (Hrsg.) *Mord vor Ort 2*
Das zweite Krimibuch zum Treffpunkt Ü-Wagen
236 Seiten, ISBN 978-3-941657-41-0, 12,90 €

Ingrid Schmitz (Hrsg.) *Muscheln, Mousse und Messer*
Eine kulinarische Krimi-Anthologie
220 Seiten, ISBN 978-3-941657-22-9, 12,90 €

Ingrid Schmitz (Hrsg.) *Porridge, Pies and Pistols*
Eine kulinarische Krimi-Anthologie
298 Seiten, ISBN 978-3-941657-87-8, 12,90 €

Ingrid Schmitz (Hrsg.) *Tortillas, Tapas und Toxine*
Eine kulinarische Krimi-Anthologie
252 Seiten, ISBN 978-3-95602-013-1, 12,90 €

Besuchen Sie uns im Internet:

www.conte-verlag.de